BLINDERN
Griffenfeldts gate
Kirkeveien
LOVISEN-
BERG
Suhmsgate
MAJORSTUA
Brandort
Thorvald
Meyers gate
N
S
RODE-
LØKKA
Louises gate
Bogstadveien
Brandort
Helgesens
gate
Toftes gate
Helgesens gate
HEGDEHAUGEN
GRÜNER-
LØKKA
Nordre gate
Sars gate
Wergelands-
veien
Hausmanns gate
Lakkegata
Königl.
Schloss
Schlosspark
Vahls gate
Jens Bjelkes gate
Frederiks gate
Rosenkrantz gate
Munkedamsveien
VIKA
VATERLAND
Grønlands-
Akebergveien
GRØNLAND
Rathaus
Hauptbahnhof
Polizeipräsidium
Nylandsveien
Schweigaards gate
Rådhusgata
Bispegata
Pipervika
Oper
Bjørvika
Kajak-Anlegestelle
Ohlsen

Knut Krüger

Tatort Oslo
Nichts bleibt verborgen

KNUT KRÜGER

Nichts bleibt verborgen

Krimi

cbj

cbj ist der Kinder- und Jugendbuchverlag
in der Verlagsgruppe Random House

MIX
Papier aus verantwortungsvollen Quellen
FSC® C014496

Verlagsgruppe Random House FSC® N001967
Das für dieses Buch verwendete FSC®-zertifizierte Papier
Super Snowbright liefert Hellefoss AS, Hokksund, Norwegen.

Gesetzt nach den Regeln der Rechtschreibreform

1. Auflage 2013

Umschlagkonzeption: init.Büro für Gestaltung, Bielefeld
unter Verwendung folgender Abbildungen:
© Plainpicture (Aurora Photos / Fredrik Solstad, BY);
Istockphoto (PeskyMonkey)
Oslokarte: Peter Palm, Berlin
Lektorat: Andreas Rode
MP · Herstellung: AW
Satz: Uhl + Massopust, Aalen
Druck: GGP Media GmbH, Pößneck
ISBN 978-3-570-15676-6
Printed in Germany

www.cbj-verlag.de

Prolog

Oslo im November

Es war eine kalte, sternklare Nacht. Mit größter Vorsicht entriegelte er das hohe Eisentor und schob den rechten Flügel auf. Es quietschte nur leise, aber das reichte aus, um seinen Herzschlag zu beschleunigen. Vermutlich waren die Scharniere seit Jahren nicht geölt worden.

Typisch Gulliksen, dachte er. Der Hausmeister nahm es mit solchen Dingen nicht sehr genau. Sonst hätte Gulliksen ja auch das Tor zum Sportgelände abgeschlossen, was er, anders als bei dem schmiedeeisernen Portal des Schuleingangs, meist unterließ.

Die Plastiktüte gegen den Bauch gedrückt, schlängelte er sich durch den Spalt, ohne das Tor hinter sich zuzuziehen. Sein Blick schweifte über die nagelneue Tartanbahn, deren Oval im silbrigen Mondlicht glänzte. Heute Vormittag hatte er sich hier noch die Lunge aus dem Leib gerannt und zusammen mit den anderen die Stabübergabe beim Staffellauf geübt. War von Kaupang angeschnauzt worden, weil er den Stab fallen gelassen hatte. Der schrille Pfiff der Trillerpfeife gellte ihm immer noch in den Ohren.

Jetzt lag eine fast gespenstische Stille über der Anlage und drückte auf sein Trommelfell. An einer ungeschützten Stelle im Nacken war die Kälte in seinen Anorak eingedrungen und kroch ihm den Rücken hinab. Fröstelnd zog er die Schultern hoch und suchte Zuflucht im Schatten der Tannen, die sich in schnurgerader Reihe am Maschendrahtzaun entlangzogen. Wenn er den Kopf hob, sah er ihre Wipfel als bedrohlich gezackte Linie vor dem schwarzen Himmel. Ihm gegenüber türmte sich das Schulgebäude wie ein hässlicher grauer Klotz. Aber auf das Schulgebäude hatte er es nicht abgesehen. Er war ja nicht wahnsinnig.

In etwa fünfzig Metern Entfernung zeichneten sich die Umrisse des länglichen Schuppens ab, der einer fensterlosen Baracke glich und seine besten Tage schon lange hinter sich hatte. Die einstmals braune Farbe war an den meisten Stellen abgeblättert. Das Dach war mit Teerpappe provisorisch abgedichtet worden. Wenn die Schule genug Kohle für eine teure Tartanbahn hatte, konnte sie sich auch einen neuen Geräteschuppen leisten. Er würde also nur dafür sorgen, dass diese Investition ein bisschen vorgezogen wurde.

Als er vor der morschen Tür stand, schüttelte er unwillkürlich den Kopf. Auch sie war nicht abgeschlossen, kein Vorhängeschloss weit und breit. Gulliksens Nachlässigkeit ging wirklich auf keine Kuhhaut. Der konnte froh sein, dass ihm nicht längst jemand seine Spaten oder den Rasenmäher geklaut hatte.

Mit leicht zittriger Hand umfasste er den rostigen Riegel und zog die Tür auf. Drinnen war es stockfinster, aber er wusste, dass sich im vorderen Teil die Gartengeräte, weiter hinten die Utensilien für den Sportunterricht befanden: rot-weiß gestreifte Hütchen, die Latte und Matten für die Hochsprunganlage, Maßbänder für die Weitsprunggrube, Speere und Stoßkugeln, ein paar Kleintore und Leichtmetallhürden, nicht zu vergessen die Staffelstäbe.

Er spürte sein Herz in der Kehle schlagen, wollte plötzlich alles nur noch hinter sich bringen. Hektisch ließ er die Tüte fallen, nahm eine Schachtel Streichhölzer sowie die Flasche mit dem Brennspiritus heraus und fummelte nervös am Sicherheitsverschluss, bis er ihn endlich aufbekam. Mit zwei Schritten war er in der Hütte und besprengte die Wände sowie den Boden nahe der Tür mit der stinkenden Flüssigkeit. Hielt kurz inne, weil er glaubte, ein Atmen zu hören. Aber es war wohl doch nur sein eigenes Keuchen, das ihn erschreckt hatte. Er trat zurück, schraubte die Flasche zu und ließ sie wieder in der Tüte verschwinden. Dann nahm er die Streichhölzer aus der Schachtel. Er hatte jeweils fünf zusammengebunden, um eine stabile Flamme zu erzeugen, die nicht der kleinste Windstoß ausblasen konnte. Dennoch brachte er das Kunststück fertig, zwei Hölzchen des ersten Fünferpacks abzubrechen, als er es an der Reibefläche entlangzog. Er zögerte irritiert, spürte die Hitze an seinen Fingern und ließ es auf den feuchten Rasen fallen.

Beim zweiten Versuch klappte es. Er blickte kurz auf die Flamme, warf das Streichholzbündel vorsichtig durch die Türöffnung und erschrak über die zischenden Geräusche und die kleine fauchende Explosion, die er damit auslöste. Zu gern hätte er sich den Verlauf des Brandes in Ruhe angesehen. Hätte voller Spannung beobachtet, wie die ersten Flammen, die bereits am Türstock züngelten, von den morschen Brettern Besitz ergriffen, um sich allmählich zu einem großen gefräßigen Feuer zu vereinen. Hätte am liebsten so lange gewartet, bis der alte Schuppen lichterloh in Flammen stand und einer riesigen Fackel glich, deren Funken in den nächtlichen Himmel stoben. Aber das durfte er nicht riskieren. Jetzt gab es nur noch eines zu tun.

Er raffte die Tüte an sich, machte auf dem Absatz kehrt und rannte, ohne sich noch einmal umzudrehen, dem Ausgang entgegen. Als er das Tor erreichte, fuhr er herum und starrte für ein paar Sekunden auf den lodernden gelben Fleck am anderen Ende des Sportplatzes. Dann drückte er sich durch den Spalt und verschmolz mit dem Dunkel der Nacht.

Kapitel 1

Drei Monate zuvor

Was für ein romantisches Fleckchen, dachte Franziska verträumt, als sie ihre Zehen in den warmen Sand bohrte und wie zufällig Alexanders Schulter berührte. Zumindest hätte es ein romantisches Fleckchen sein können, wären da nicht die zehntausend anderen gewesen, die schon am Vormittag die Paradiesbucht gestürmt und sie in einen bunten Flickenteppich aus Badehandtüchern verwandelt hatten. Eine überdrehte Ausgelassenheit lag in der Luft, als hätten sich all diese Menschen hier verabredet, um am letzten Samstag der großen Ferien eine gigantische Strandparty zu feiern.

Denn eines hatte Franziska längst begriffen: So kurz der Sommer in Oslo auch war, so intensiv wurde er hier genossen und ausgekostet. Es war, als ginge es darum, sich so schnell wie möglich einen Vorrat an Sonne, Licht und guter Laune anzulegen, um im Winter – der »dunklen Zeit«, wie er hier meist genannt wurde – davon zu zehren.

Sie ließ ihren Blick über das Halbrund der Bucht wandern. Sonnenanbeter brutzelten mit Kopfhörern im Ohr, während andere ganz in der Welt des Buches versunken waren, das sie in der Hand hielten. An der Wasserlinie flogen Bälle und Frisbees hin und her. Zwei picklige Mädchen mit blitzenden Zahnspangen jagten im Zickzack um die Handtücher herum und quietschten um die Wette. Jungs mit gebräunten Oberkörpern spurteten durch die seichten Wellen, zogen ihre Kumpel auf Skimboards hinter sich her und brachen jedes Mal in schallendes Gelächter aus, wenn einer von ihnen kopfüber ins Wasser stürzte. Norwegisches Strandrodeo.

Rechts von Franziska und Alexander schnarchte ein Rentner mit offenem Mund, während zur Linken ein Baby plärrte. Drei Handtücher weiter stritten sich zwei muskelbepackte Kerle über die perfekte Art, ein Steak zu braten. Direkt am Wasser hatte eine Gruppe von Jugendlichen ihren Gettoblaster aufgedreht, der wummernde Rhythmen über den Fjord schickte. Für einen Augenblick kam es Franziska so vor, als schwappten die Wellen im Takt dazu. *I Follow Rivers* von Lykke Li, die Hymne dieses Sommers.

Plötzlich klopfte ihr jemand von hinten auf die Schulter.

»Bist du nicht diese …?«, fragte ein sommersprossiger Junge mit Zahnlücke.

»Doch, bin ich«, antwortete Franziska seufzend. »Autogramm?«

Der Junge streckte ihr strahlend einen Stift sowie ein kleines Album entgegen, in dem sich Aufkleber berühmter Fußballer befanden.

»Kannst ganz hinten unterschreiben, neben Ibrahimovic«, lispelte er.

Franziska nickte, blätterte und kritzelte ihren Namen neben das Foto eines grimmig dreinblickenden Kickers.

Ohne ein weiteres Wort flitzte der Junge davon.

»Deine Fans werden immer jünger«, bemerkte Alexander. »Vielleicht solltest du mal 'ne Signierstunde im Kindergarten geben.«

Sie rollte die Augen. Seit ein Osloer Fernsehsender über ihre spektakuläre Rettung berichtet hatte, die gut vier Monate zurücklag, war Franziska eine lokale Berühmtheit geworden. Dass ausgerechnet ein deutsches Mädchen von einem norwegischen Ganoven verfolgt und in eine Hütte gesperrt worden war, hatte bei vielen Einheimischen für Scham und Empörung gesorgt. Einem Kamerateam hatte sie vor Ort demonstriert, wie sie die Scheibe des Schuppens eingeschlagen hatte und durch das Fenster geflüchtet war. Auf Bitten des Reporters hatte sie sogar den gesamten

Fluchtweg rekonstruiert, inklusive ihrer Begegnung mit dem Elch, ehe sie schließlich Hauptkommissar Ohlsen in die Arme gelaufen war.

Wenn sie in der Öffentlichkeit angesprochen wurde, was hin und wieder geschah, dann variierte sie die Geschichte ein wenig, damit es ihr selbst nicht langweilig wurde, davon zu erzählen. Und obwohl Alexander ihr geraten hatte, nicht zu dick aufzutragen, hatte sie erst letzte Woche drei neugierigen Teenagern in der U-Bahn weisgemacht, sie sei dem Elch auf den Rücken gestiegen und dem Suchkommando der Polizei im gestreckten Galopp entgegengeritten. Die Teenager hatten gekichert. Entweder glaubten sie Franziska kein Wort, oder sie amüsierten sich über ihr drolliges Norwegisch, das nach wie vor alles andere als perfekt war. Franziska war das schnuppe.

»Nur kein Neid«, entgegnete sie. »Kannst dich ja auch mal entführen lassen.«

»Also sooo wichtig ist mir ein eigener Fanklub auch wieder nicht.« Alexander öffnete den Reißverschluss der Kühltasche und angelte sich eine neue Dose Solo-Zitronenlimonade. »Willst du?«

»Danke.« Franziska hielt sich die kühle Dose an die verschwitzte Stirn, ehe sie die Lasche mit einem »Zosch« aufzog und den Kopf in den Nacken legte. Die sprudelnde Flüssigkeit schoss ihr in den Rachen, was einen spontanen Hustenreiz auslöste. Prustend spuckte sie einen Teil auf Alexanders blau-weiß gestreiftes Handtuch, auf dem sie beide saßen, und wedelte mit einer Hand vor ihrem Gesicht herum.

»Sorry …«

Alexander schaute sie belustigt an. »Zitrone gibt jedenfalls keine Flecken.«

»Ich versteh das … nicht«, röchelte sie mit tränenden Augen. »Erst bei Tonje, dann bei dir.«

Vor einem knappen Jahr war ihr fast an derselben Stelle die Limonade zur Nase herausgeschossen und hatte Tonjes Ballerinas besudelt. Dieses kleine Malheur war quasi der Auftakt zu einer Reihe von Ereignissen gewesen, die Franziska jetzt schon als größte Pechsträhne ihres Lebens betrachtete. Abgesehen von der Tatsache, dass sie damals unter abartigem Heimweh gelitten hatte, war ihre Mutter in einen Blödmann, Aufschneider und Betrüger namens Leif verknallt gewesen, an dem einfach gar nichts echt war, nicht mal sein Name. Und um dem Ganzen die Krone aufzusetzen, war sie von einem brutalen Bulldoggengesicht in diesen stinkenden Schuppen gesperrt worden, aus dem sie sich nur unter höchster Gefahr hatte befreien können – was ihr im Nachhinein zwei vernarbte Handflächen und einen zweifelhaften Ruf als Provinzpromi beschert hatte.

Ihr brennendes Heimweh nach München hatte sich

inzwischen in eine leise Wehmut verwandelt. Es tat nicht mehr weh, doch war sie ziemlich sicher, dass ihr Oslo niemals in gleicher Weise ans Herz wachsen würde. Sie war aus ihrem alten Leben vertrieben worden und im neuen noch nicht angekommen. Sie fühlte sich wie im Wartezimmer eines Arztes, in dem sie nichts anderes tun konnte, als die Zeit totzuschlagen. Irgendwie schien sie darauf zu warten, dass jemand ihren Namen rief, zum Zeichen, dass es endlich weiterging. Eine vage Ahnung, wer dieser Jemand sein könnte, hatte sie immerhin. Zumindest hätte sie nichts dagegen, wenn der attraktive Junge mit den lässigen Bewegungen und den sanften braunen Augen, der neben ihr auf dem Bauch lag, sich ein bisschen für sie …

»Franziska!«

»Äh … was?«

Alexander schirmte mit einer Hand das Display seines Smartphones ab. »Elias schreibt gerade, dass er mit Håkon im Strandbad ist. Wollen wir zu ihnen rübergehen?«

Ach, ich weiß nicht.

»Okay, meinetwegen. Aber vielleicht sollte ich dir vorher noch mal den Rücken eincremen, ich glaube, er ist ein bisschen rot.«

»Nicht nötig. Hab ich schon zu Hause gemacht.«

Seufz.

So packten sie also ihre Sachen zusammen und machten sich auf den Weg zum Strandbad Huk, das etwa eine Viertelstunde von der Paradiesbucht entfernt lag. Alexander trug die Badetasche am Zeigefinger über der Schulter. Franziska hatte sich die Kühltasche unter den Arm geklemmt und hielt sich etwa einen Meter hinter ihm. Auf diese Weise konnte sie am besten ihren Gedanken nachhängen und in aller Ruhe Alexanders gebräunte Beine betrachten, auf denen sich ein Flaum blonder Härchen abzeichnete.

Was das Beisammensein mit ihm so angenehm machte, war die Tatsache, dass man gut mit ihm schweigen konnte. Jedenfalls brauchte man nicht, wie bei anderen Jungs, nach zehn Sekunden Stille nervös in Schweiß auszubrechen und fieberhaft darüber nachzudenken, was man bloß für eine schlaue oder witzige Bemerkung machen könnte. Alexander sorgte dafür, dass man sich entspannte.

Mildes Nachmittagslicht flutete den Saum des Strandes, während eine warme Brise Franziska die Haare aus dem Gesicht strich. Milliarden von Lichtreflexen tanzten auf der Wasseroberfläche und verliehen ihr das Bild eines zerbrochenen Spiegels, der bis zum Horizont reichte. Franziska kniff unwillkürlich die Augen zusammen, wodurch sich das endlose Glitzern abermals vervielfältigte, als sähe sie durch ein Kaleidoskop.

Der Trubel der Paradiesbucht war nur noch ein fernes Summen, dafür traten die Gerüche umso stärker hervor. Nie zuvor hatte Franziska so deutlich die verschiedenen Aromen von Luft, Erde und Meer unterscheiden können. Sie roch die salzige Schärfe des Tangs sowie den süßlich-würzigen Duft der sich wiegenden Gräser, die beim Gehen ihre nackten Zehen kitzelten.

Doch war da noch ein anderer Geruch, den sie nicht identifizieren konnte. Wie der Anflug von etwas Metallischem, das sie aus irgendeinem Grund mit den anthrazitfarbenen Felsen, die den Trampelpfad säumten, in Verbindung brachte.

Als das Strandbad mit seinem Kiosk und der großen Liegewiese in ihr Blickfeld geriet, waren nur noch wenige Leute im Wasser. Am Ufer flackerten bereits die ersten Lagerfeuer, deren Rauchschwaden rätselhafte Muster in die Luft malten. Von der weißen Holzterrasse des Strandrestaurants drang das Klirren von Gläsern zu ihnen herüber.

»Habt ihr einen Treffpunkt ausgemacht?«, fragte Franziska.

»Nicht direkt.«

»Und indirekt?«

»Auch nicht.«

Franziska stellte die Kühltasche ins Gras und stemmte die Hände in die Hüften. Eigentlich mussten ihre beiden Klassenkameraden hier am Strand doch ein auffälliges Pärchen abgeben.

Der schlaksige Håkon war vermutlich der einzige Junge weit und breit, dessen Haare bis zu den Schultern reichten, und Elias, der noch vor Kurzem mit Bärchen und Entchen verzierte Klamotten getragen hatte, kleidete sich mittlerweile nur noch in einer einzigen Farbe: Schwarz. Seine strohblonden Haare, die ihm stets wie eine Bürste vom Kopf abgestanden hatten, hingen ihm jetzt als geschwungene Tolle im Gesicht und verdeckten mindestens ein Auge. Manche behaupteten, Elias wäre auf dem besten Weg zum Emo, doch Franziska zweifelte daran, dass er wusste, was ein Emo war.

Dann geschahen drei Dinge gleichzeitig.

Erstens erblickte Franziska Elias, der, mit schwarzer Badehose und schwarzem T-Shirt bekleidet, auf einem Felsen hockte und Löcher in die Luft guckte.

Zweitens rief Håkon, der bis zu den Knien im Wasser stand, Alex' Namen und winkte wie wild.

Und drittens schrie irgendwo eine hysterische Frauenstimme: »Es brennt! Es brennt!«

Franziska fuhr herum, konnte jedoch weder erkennen, wer geschrien hatte, noch, was den Schrei ausgelöst haben mochte. Erst auf den zweiten Blick sah sie, dass unter den Bäumen, etwa fünfzig Meter von der Liegewiese entfernt, ein einzelner Mülleimer lichterloh in Flammen stand. Aus der Entfernung glich er einer lodernden Fackel. Zwei Kinder standen ratlos daneben. Ein Glatzkopf scheuchte sie hektisch weg und versuchte den Brand mit einer Wasserflasche zu löschen, was so gut wie keine Wirkung zeigte.

Binnen Sekunden brach ein lärmender Tumult los. Eine dicke Frau in einem geblümten Badeanzug warf couragiert ihr Badehandtuch über den Mülleimer, der bedrohlich nahe an einer Parkbank und am knochentrockenen Unterholz stand. Doch es qualmte nur kurz, ehe die Flammen wieder die Oberhand gewannen. Erst einem geistesgegenwärtigen Kellner, der aus dem Strandlokal gestürzt war, gelang es schließlich mithilfe eines Feuerlöschers, den Brand zu ersticken.

Weißer Nebel, den der Löschschaum verursacht hatte, kroch über den Boden und hüllte die Stämme der umstehenden Bäume ein, was Franziska an einen Horrorfilm denken ließ, den sie einmal gesehen hatte.

Als der Kellner lässig wie James Bond zum Strandrestaurant zurückschlenderte, brandete frenetischer Beifall auf. Vereinzelte Bravorufe waren zu hören, woraufhin er den Feuerlöscher demonstrativ über den Kopf streckte.

Doch die heitere, ausgelassene Stimmung, die eben noch geherrscht hatte, war im Nu einer Mischung aus Anspannung und Beklommenheit gewichen. Allgemeines Kopfschütteln und Schulterzucken. Niemand schien zu wissen, was den Brand ausgelöst hatte und wie er sich so schnell hatte entwickeln können.

»Echt krass«, sagte Elias, der plötzlich neben ihnen stand. Die Freunde stießen ihre Fäuste aneinander. Nach kurzem Zögern tat Franziska dasselbe. Besser, sich idiotisch begrüßen als gar nicht, dachte sie.

»Vielleicht hat irgendein Schwachkopf seine Zigarettenkippe in den Mülleimer geworfen«, mutmaßte Alexander. »Oder eine Glasscherbe war schuld. Die bündeln das Licht wie ein Brennglas, wenn die Sonne draufscheint.«

»Aber dazu steht die Sonne eigentlich schon zu tief«, gab Håkon zu bedenken.

In letzter Zeit war wiederholt vor erhöhter Waldbrandgefahr gewarnt worden, da es seit Wochen nicht geregnet hatte, fiel Franziska jetzt ein. Die Norweger hatten überhaupt eine panische Angst vor Bränden. War ja kein Wunder, bei all den Holzhäusern. Kein Norweger würde je auf die Idee kommen, statt einer Lichterkette echte Kerzen an seinem Weihnachtsbaum anzubringen. Und wenn man hier shoppen ging, kam es schon mal vor, dass ein freundlicher Verkäufer versicherte, dieser Rock oder jenes Shirt seien »äußerst schwer entflammbar«.

Wie auch immer, dachte Franziska, so ein Feuer in freier Natur konnte natürlich ruck, zuck auf die umliegenden Büsche und Bäume übergreifen. Vor allem, wenn der Wind, der in Oslo fast ständig blies, die Flammen zusätzlich anfachte.

Aber es war doch nicht vorstellbar, dass jemand, der Spaß am Zündeln hatte, einen Waldbrand in Kauf nahm und somit eine Katastrophe heraufbeschwor.

Oder etwa doch?

Kapitel 2

»Ausgerechnet Sizilien!«, grummelte Hauptkommissar Ohlsen, während er seine neuen Laufschuhe schnürte.

»Und quasi von jetzt auf gleich«, sekundierte Alexander, Hauptkommissar in spe, der auf der Einfahrt seine Beine dehnte.

»Hätte deine Mutter früher Bescheid gesagt, sagen wir letzte Woche ...«, Ohlsen knallte die Haustür zu, »oder vorgestern, ich bin ja nicht anspruchsvoll, dann hätte ich eventuell noch Urlaub nehmen und sie für ein paar Tage begleiten können.«

Vater und Sohn trabten los, den Fredriksborgveien entlang.

»Und mich hättest du hier allein zurückgelassen?«, entgegnete Alexander mit einem Anflug von Empörung in der Stimme.

»Dann wäre eben Oma Ragnhild vorübergehend bei uns eingezogen.«

»Und hätte jeden Tag Labskaus gekocht – schönen Dank auch!«

Ohlsen tat, was er immer tat, wenn er sich ärgerte, so wie jetzt: Er schnürte die Joggingschuhe, stieg in sein Kajak, stürzte sich mit Badehose in den Oslofjord, den er liebevoll »mein Schwimmbecken« nannte, oder verausgabte sich im nagelneuen Fitnessstudio des Polizeipräsidiums. Natürlich frönte er seiner Sportleidenschaft nicht nur bei schlechter Laune, doch in Momenten wie diesem kam ihm sein natürlicher Bewegungsdrang wie höhere Gewalt vor. Neu war hingegen, dass er Alexander nötigte, ihn zu begleiten.

»Da deine Mutter es vorzieht, die nächsten zwölf Wochen unter der Sonne Italiens statt im Kreise ihrer Familie zu verbringen, bin ich nun allein für deine Erziehung zuständig«, hatte er erklärt und umgehend seinen Leitspruch hinterhergeschickt: »Ein bissen Bewegung schadet nicht.«

Dass man seiner Frau Katja als langjähriger Streetworkerin und Sozialarbeiterin eine dreimonatige Fortbildung im Ausland ermöglichte, war ja gut und schön. Doch hatte er auf Nachfragen erfahren, dass außer Sizilien auch Kiel und Malmö zur Auswahl gestanden hatten.

»Wofür hättest *du* dich denn entschieden, Papa?«, fragte Alexander, als sie das Wikingerschiffmuseum hinter sich ließen.

»Natürlich auch für Sizilien, aber darum geht es doch gar nicht.«

»Und worum geht's?«

»Darum, dass ich platze vor Neid!« Ohlsen schnaubte. »Wenn *ich* beim Kriminaldirektor eine Fortbildung beantrage, werde ich zum Gedankenaustausch mit Kollegen nach Lillestrøm geschickt. Die Busfahrt dahin darf ich selber zahlen.«

Schweigend joggten sie den Dronning Blancas Vei hinunter, der die Halbinsel mit der City verband. Alexander, dem bereits ein leichtes Seitenstechen zu schaffen machte, hoffte, dass ihm ein spontaner Oslo-Marathon erspart blieb. Er musste seinen Vater irgendwie auf andere Gedanken bringen. Es kam nur auf das richtige Stichwort an. »Dieser Brand in Grünerløkka letzte Woche ...«

»Meinst du den Müllcontainer, der mitten in der Nacht Feuer fing, oder den Zeitungskiosk, den jemand abgefackelt hat?«

»Ich meinte eigentlich das Schuhgeschäft in der Thorvald Meyers gate.«

Ohlsen nickte grimmig. »Das Legen von Bränden aller Art ist ja im Moment groß in Mode. Bei dem Feuer im Schuhgeschäft handelt es sich höchstwahrscheinlich um Versicherungsbetrug. Wir haben uns die Zahlen der Buchhaltung angesehen, der Laden stand kurz vor der Pleite. Außerdem hat einer unserer Hunde die Reste eines Brandbeschleunigers aufgespürt. Ein Teil der Ware und der Einrichtung war vorher mit Ethanol übergossen worden.«

»Ethanol?«, fragte Alexander keuchend.

»Spiritus, also fast reiner Alkohol, allerdings mit Bitterstoffen versetzt, damit keiner auf die Idee kommt, das Zeug zu trinken.«

Am Thomas-Heftyes-Platz warf Alexander einen sehnsüchtigen Blick in Richtung Odins gate, die nur einen Steinwurf entfernt lag. Dort wohnten seine Freunde Lukas und Franziska, die jetzt bestimmt entspannt vor dem Computer saßen, da sie keinen sportbesessenen Vater hatten, der sie aus Spaß durch die halbe Stadt hetzte. Kaum hatte er das gedacht, da fiel ihm ein, dass der Vater der beiden schon vor Jahren bei einem Autounfall ums Leben gekommen war. In Gedanken entschuldigte er sich bei seinen Freunden.

»Den Müllcontainer«, fuhr Ohlsen fort, der sich offenbar nicht nur warmgelaufen, sondern auch warmgeredet hatte, »haben sicher irgendwelche Kids in Brand gesteckt, aus reiner Neugier oder Abenteuerlust. Die haben ja keine Ahnung, was sie mit so einer Aktion riskieren, nicht nur wegen der Gefahr für die Allgemeinheit, sondern auch … alles klar, Alex?«

»Nicht ganz … so schnell«, hechelte Alexander

mit rotem Kopf. Es war ihm ein Rätsel, wie man beim Joggen halbe Romane erzählen konnte.

»Die größte Sorge bereitet mir allerdings der abgebrannte Zeitungskiosk, vor allem weil Torkelsen seit Kurzem wieder auf freiem Fuß ist … gleichmäßig atmen, mein Junge.«

»Torkelsen?«, japste Alexander.

»Einer der größten Brandstifter, die Oslo je gesehen hat. Ivar Torkelsen. Hast du den Namen noch nie gehört? Also pass auf. Er kam aus einer Schaustellerfamilie. Die sind über die Jahrmärkte getingelt und haben dort ihre Mäuserennen veranstaltet. Der Vater hat außerdem Ballontiere gefaltet, aber das tut hier nichts zur Sache … jedenfalls hat sich kein Schwein um den Jungen gekümmert. Mit fünf Jahren kam er in die Obhut eines Onkels, wenn ich mich recht erinnere, dann zu einer Pflegefamilie, später in ein Heim. Und als es im Jahr 2002 hier plötzlich an allen Ecken und Enden gebrannt hat, kam natürlich erst mal niemand auf die Idee, das mit Torkelsen in Verbindung zu bringen … also ich weiß ja nicht, wie's dir geht«, sagte Ohlsen entspannt, »aber ich könnte eine kurze Pause vertragen.«

Sie blieben vor der Nationalbibliothek stehen und schüttelten ihre Beine aus. Alexander stützte schnaufend die Hände auf die Knie und ließ den Kopf hängen.

»Was hat …« Keuch. »Dieser Torkelsen …« Keuch. »Denn alles …« Keuch. »In Brand gesteckt?«

»Das waren alles Orte, die ihm aus irgendwelchen Gründen verhasst waren. Er hat nie was auf die Reihe gekriegt, weder privat noch beruflich. Und weil er sein ganzes Leben als gescheitert empfand, hat er irgendwann damit angefangen, die Orte anzuzünden, an die er besonders schlechte Erinnerungen hatte.«

Ohlsen verschränkte die Hände im Nacken und drehte seinen kompakten Oberkörper rhythmisch hin und her.

»Es begann mit seiner Grundschule in Bærum. Die war plötzlich nur noch ein Haufen Asche, weil er meinte, er sei dort immer gehänselt worden. Als Nächstes hat er die Hütte seiner Pflegefamilie abgefackelt, bei der es ihm offenbar auch nicht gefallen hat. Glücklicherweise hat er den Brand gelegt, als die Familie sich woanders aufhielt.«

»Wie rücksichtsvoll«, bemerkte Alexander, dessen Gesichtsfarbe von Himbeere zu Erdbeere wechselte.

»Ja, aber das war's dann auch schon mit der Rücksichtnahme.«

Ohlsen ließ die Arme kreisen.

»Bei seiner dritten Brandstiftung musste das Haus des Heimleiters dran glauben. Der Mann hat eine schwere Rauchvergiftung davongetragen und nur mit Ach und Krach überlebt. Das vierte Feuer zerstörte eine Tischlerei, bei der Torkelsen vorübergehend in die Lehre gegangen war.«

»Der hat ja wirklich nichts ausgelassen.« Alexander schien beeindruckt zu sein.

»Und uns ziemlich an der Nase herumgeführt. Bis zu diesem Zeitpunkt standen wir bei den Ermittlungen nämlich völlig auf dem Schlauch, weil uns sozusagen das Verbindungsglied fehlte, der gemeinsame Faktor. Außerdem war die Art der Brandlegung jedes Mal anders. Wir konnten also nicht ausschließen, dass es sich um verschiedene Täter handelte.«

»Und wie seid ihr ihm am Ende auf die Schliche gekommen?«

»Durch einen anonymen Anrufer. Der hat uns gesteckt, dass alle Brandorte mit Torkelsens Biografie zu tun haben.«

Für ein paar Sekunden kreisten Ohlsens Arme fast so schnell wie die Rotorblätter eines Hubschraubers.

»Die Identität des Anrufers konnte nie geklärt werden, sicher jemand aus seinem engen persönlichen Umfeld. Wir haben Torkelsen daraufhin oberserviert und auf frischer Tat ertappt, als er die Kirche seines Konfirmationspfarrers dem Erdboden gleichmachen wollte.«

Alexander konnte sich ein Grinsen nicht verkneifen. »Und du glaubst wirklich, dass er jetzt, nachdem er aus dem Gefängnis entlassen wurde, da weitermacht, wo er damals aufgehört hat?«

»Bei Pyromanen kann man nie wissen. Die sind ein Opfer ihrer Triebe. Die müssen immer wieder was in Brand stecken, weil ihnen das Vergnügen oder Befriedigung verschafft.«

Ohlsen beugte den Rumpf und berührte mit den Fingerspitzen seine Schuhe.

»Aber Torkelsen ist doch kein klassischer Pyromane«, wandte Alexander ein, der es liebte, mit seinem Vater kriminalistische Streitgespräche zu führen. »Dem ging es nicht in erster Linie ums Feuerlegen, sondern darum, sich an bestimmten Personen für seine traurige Kindheit zu rächen.«

»Er hat sich aber für das Feuerlegen entschieden«, widersprach Ohlsen, »dabei gab es doch genügend andere Möglichkeiten, sich an den Menschen zu rächen, die ihm vermeintlich Unrecht getan haben. Er hätte ihnen auch auflauern können, sie in einen Unfall verwickeln, die Bremsen ihrer Autos manipulieren oder was weiß ich nicht alles.«

»Vielleicht wäre es ja möglich«, spekulierte Alexander, während er mit geschlossenen Augen den Kopf kreisen ließ, »dass jemand nicht mit pyromanischer Veranlagung geboren wird, sondern diese im Laufe seines Lebens entwickelt. Dass man zum Beispiel eines Tages zum Zeugen eines Großbrands wird und vollkommen davon fasziniert ist … und dass erst in diesem Moment die eigene Liebe zum Feuer entflammt.«

»Hübsch gesagt und ein sehr interessanter Gedanke«, musste Ohlsen zugeben. »Hätten wir auf dem Präsidium einen fähigen Polizeipsychologen, würde ich diese Frage zu gerne mit ihm erörtern.«

Für einen Moment schienen beide ihren eigenen Gedanken nachzuhängen. Dann sagte Ohlsen unvermittelt: »So ein kleiner Erholungslauf mit dir ist wirklich klasse. Das sollten wir unbedingt öfter machen.«

Alexander zwang sich zu einem Lächeln. »Wenn du meinst.«

»Außerdem hast du den beschwerlichen Weg in die Innenstadt nicht umsonst auf dich genommen«, fügte Ohlsen verschmitzt hinzu.

»Äh … warum?«

»Weil sich da vorne, gleich um die Ecke«, Ohlsen zeigte quer über die Kreuzung, »eine kleine Bäckerei befindet. »Die haben die besten Kardamombrötchen auf der nördlichen Halbkugel … und der Napoleonskuchen ist auch nicht zu verachten. Dass sich Mama bestimmt keine Leckerei der sizilianischen Küche entgehen lässt, heißt ja nicht, dass wir hier von Wasser und Brot leben müssen.«

Wie aufs Stichwort machte es »pling« in Alexanders Hosentasche. Er zog sein Smartphone heraus, klickte WhatsApp an und öffnete den Chat mit seiner Mutter.

»*Hallo, Ihr Lieben*«, las er. »*Bin gut in Syrakus angekommen. Vermisse Euch schon.*« Als Symbole hatte sie eine lachende Sonne und eine kleine italienische Fahne hinzugefügt.

Kapitel 3

»Echt krass!« Elias.

»Boah!« Lukas.

»Hammer!« Håkon.

»Wer als Erster einen vollständigen Satz mit Subjekt, Prädikat und Objekt von sich gibt, gewinnt eine Waschmaschine«, sagte Alexander.

»Also echt … Wahnsinn«, versuchte sich Lukas.

»Das zählt leider nicht«, entgegnete Alexander.

»Ich glaub, mich tritt ein Pferd«, sagte Håkon mit ungläubigem Kopfschütteln.

»Geht doch.«

Das noble Anwesen, das sich vor ihnen erhob, thronte auf einem kleinen Hügel und sah von Weitem wie eine unwirkliche Luftspiegelung aus. Es war ein verwirrend verschachteltes Domizil, das mit mehreren Türmchen und Spitzen verziert war, auf denen goldene Kugeln prangten. Von Nahem wirkte es wie eine geschmacklose Mischung aus protziger Millionärsvilla und Disneyland-Schloss. Das wuchtige Eingangstor wurde von zwei steinernen Löwen flankiert, die ebenso stolz wie gelangweilt in die Gegend schauten. Der rechte von ihnen hielt einen Wappenschild in den Pranken: zwei gekreuzte Hellebarden, darüber ein Helm mit Federbusch, als handele es sich um ein altes Rittergeschlecht. Darunter stand in goldenen Lettern: **Granberg.**

»Was hat so jemand eigentlich in unserer Klasse verloren?«, fragte Lukas.

»Irgendwo müssen sie das Großmaul ja unterbringen«, entgegnete Håkon. »Hab gehört, dass Magnus schon zwei Mal von der Schule geflogen ist.«

»Hat mir auch jemand erzählt, zuletzt vom Christlichen Gymnasium«, bestätigte Alexander.

»Der war auf dem Christlichen?«, wunderte sich Elias und strich sich die Tolle aus der Stirn. »Arme Sau!«

»Wieso denn?«, fragte Håkon. »Sogar mein berühmter Namensvetter hat das Christliche besucht.«

»Welcher Namensvetter?«

»Na, Håkon Magnus, unser aller Kronprinz. Schon mal gehört?«

»Kommt mir irgendwie bekannt vor«, musste Elias zugeben. »Coole Namenskombi übrigens.«

Håkon verdrehte die Augen.

»Und warum ist er jetzt geflogen?«

»Keine Ahnung. Wegen seiner großen Klappe bestimmt nicht.«

Ein summendes Geräusch ließ sie innehalten.

»Habt ihr das auch gehört?«, fragte Håkon und sah sich suchend um.

Alexander stieß einen lang gezogenen Pfiff aus. »Hätte mich auch gewundert, wenn die keine Überwachungsanlage installiert hätten.« Er zeigte auf eine kleine Kamera, die über der breiten Doppelgarage angebracht war und sie ins Visier genommen hatte.

»Und hier auch!« Lukas betrachtete ein zweites Kameraauge, das unter dem Namensschild ins Mauerwerk eingelassen war.

»Das haben wir gleich.« Elias nahm seinen Kaugummi aus dem Mund und klebte ihn auf die gewölbte Linse, worauf ein ohrenbetäubendes Hundegebell einsetzte.

Sie zuckten zusammen. »Kommt, lasst uns abhauen!«, rief Håkon nervös. »Die haben bestimmt eine ganze Horde von Pitbulls, die darauf spezialisiert sind, neugierige Klassenkameraden in Hackfleisch zu verwandeln.«

»Jetzt mach dir nicht gleich ins Hemd«, erwiderte Alexander mit erzwungener Ruhe.

Das Hundegebell verstummte. Dann fuhren plötzlich die Flügel des massiven weißen Eingangstors wie von Geisterhand auseinander.

Die drei Jungen blickten sich fragend an.

»Und wenn das eine Falle ist?«, raunte Lukas.

Unwillkürlich drückten sie sich aneinander und schoben sich Zentimeter für Zentimeter nach vorn, bis sie auf einem kreisförmigen Innenhof standen, in dessen Mitte ein Springbrunnen plätscherte.

»Was für eine Überraschung!«, schallte ihnen plötzlich eine kräftige Stimme entgegen, deren spöttischer Unterton ihnen allzu bekannt vorkam. Auf der obersten Stufe der Steintreppe, die zum Eingang der Villa führte, stand Magnus, ihr neuer Mitschüler, und breitete theatralisch die Arme aus. Von unten wirkte er noch größer und stämmiger als sonst. Er trug eine verbeulte schwarze Jeans und einen grauen Hoodie von Hollister, unter dessen Kapuze seine dunklen Locken hervorquollen.

»Was soll man nun davon halten?«, rief Magnus und zog die Brauen hoch, als ob er sich über irgendwas amüsierte. Vielleicht darüber, dass seine Klassenkameraden sich wie kleine Jungs benahmen, die irgendwas ausgefressen hatten.

»Äh, wir waren gerade in der Gegend«, setzte Alexander zu einer Erklärung an, während Lukas angestrengt das Muster der Pflastersteine studierte.

»Und als wir eben euren Familiennamen auf dem Schild gelesen haben«, übernahm Elias, »da dachten wir, Mensch, was für ein Zufall ...«

»Jetzt kommt schon rauf!« Magnus winkte sie mit einer Geste zu sich nach oben, die eher ungeduldig als einladend wirkte.

»Hast du deine Hunde eingesperrt?«, fragte Håkon besorgt.

»Die werden euch schon nicht fressen«, antwortete Magnus mit todernster Stimme.

»Mir wäre es aber lieber, du würdest sie irgendwo einschließen«, beharrte Håkon. »Ich hab nämlich eine Allergie gegen Tierhaare, musst du wissen, und wenn ich nur einmal mit ihnen in Berührung ...«

»Meine Hunde haben keine Haare!«, schnitt ihm Magnus das Wort ab.

»Ich sag doch, der Typ hat 'ne Vollmeise«, flüsterte Lukas. Schritt für Schritt, mit wachsamen Seitenblicken, als könne jeden Moment ein bewaffneter Angreifer aus dem Gebüsch springen, stiegen die vier Freunde zu der burgähnlichen Behausung empor. Als sie oben ankamen, drehte Magnus sich schweigend um und trat durch die offene Tür ins Innere des Hauses. Acht Füße schlurften hinter ihm her.

Das Erste, was ihnen auffiel, war der dumpfe Hall ihrer Schritte auf dem polierten Steinboden sowie ein seltsamer süßlicher Geruch, der die große Eingangshalle erfüllte und Lukas an Zuckerwatte erinnerte. Er kräuselte die Nase und warf seinen Freunden fragende Blicke zu, sagte jedoch kein Wort.

»Abrakadabra!«, rief Magnus, als er mit großer Geste die Tür zu einem kleinen Raum aufriss, in dem sich mehrere Monitore und ein Kontrollpanel mit verschiedenen Schaltern und Knöpfen befanden. Auf den Monitoren flimmerten die grobkörnigen Schwarz-Weiß-Bilder der Überwachungskameras, die das Haus aus verschiedenen Perspektiven zeigten. Aus einem bestimmten Blickwinkel war nur ein großer grauer Fleck zu erkennen.

»Ich flipp aus«, sagte Håkon kopfschüttelnd.

»Dann drück mal hier«, forderte Magnus ihn auf und zeigte auf einen roten Knopf. Als Håkon zögerlich seinen Daumen daraufpresste, ertönte erneut das wütende Hundegebell, das ihm vorhin durch Mark und Bein gegangen war.

»Echt krass!«, stieß Elias hervor und schlug sich an die Stirn. »Die Köter ...«

»... kommen vom Band«, ergänzte Alexander.

»Korrekt«, entgegnete Magnus und applaudierte spöttisch. »Kleine Führung durchs Haus gefällig? Deshalb seid ihr doch wohl gekommen, oder?«

Niemand versuchte zu widersprechen.

»Dann sag ich mal schnell Elin Bescheid, dass sie uns später was zu trinken bringt.«

»Deine Mutter heißt Elin?«, wollte Lukas wissen.

»Elin ist das Hausmädchen. Meine Eltern sind in unserem Haus auf Ibiza«, erklärte Magnus knapp.

»Ihr rührt hier nichts an!«, fügte er streng hinzu, eher er davonstapfte und auf einen Flur abbog.

»Leute, hier stinkt's echt gewaltig nach Geld«, stellte Lukas fest.

»Nee, nach Reinigungsmittel«, sagte Håkon.

»Vielleicht Elins Parfum«, schlug Elias vor.

»Doch nicht im ganzen Haus«, widersprach Alexander.

* * *

Als sie eine halbe Stunde später in den tiefen Ledersesseln des sogenannten Salons versanken, stand ihnen das Erstaunen immer noch ins Gesicht geschrieben. Sie hatten den Rundgang im Untergeschoss begonnen und zunächst das luxuriöse Schwimmbad samt Saunabereich und Fitnessraum in Augenschein genommen. Was ihnen jedoch schier die Sprache verschlagen hatte, war der hauseigene Kinosaal mit fünf Reihen roter Plüschsessel und modernster Technik. »HD, Dolby Surround, Pipapo«, wie Magnus sich ausdrückte.

Danach hatte sie nichts mehr verwundern können. Auch nicht die monumentale Kochinsel im Zentrum der futuristischen Küche, die Lukas an eine Bohrinsel in den Weiten des Ozeans denken ließ. Die in Weiß- und Goldtönen gehaltenen Wohnräume sahen alle gleich teuer, gleich steril und gleich unbewohnt aus. Flauschige Teppiche, überdimensionale Lampen, hier und da ein Bild an der Wand, doch nirgendwo ein Zeichen, dass hier eine Familie ihren Alltag verbrachte. Natürlich mit Ausnahme von Magnus' Zimmern, drei an der Zahl, die er offenbar abwechselnd zumüllte, bis die Heinzelmännchen sie wieder in einen bewohnbaren Zustand versetzten. Ansonsten gab es im ganzen Haus weder herumliegende Kleidungsstücke noch aufgeschlagene Zeitschriften oder benutztes Geschirr. Nirgendwo ein Krümel, kein Staubkorn weit und breit.

»Tja, ihr … habt's ja … echt gemütlich hier«, versuchte sich Elias, der bis zu den Ohren im Sessel verschwunden war. Ihm gegenüber fläzte sich der stämmige Magnus in seinem Sessel wie ein behäbiger Riesenhamster. Als es an der Tür klopfte, fuhren vier Köpfe herum. Ein blondes Wesen trat ein und trug ein silbernes Tablett vor sich her.

»Das ist Elin«, sagte Magnus gelangweilt.

Acht Augen drohten aus ihren Höhlen zu kullern. Elin machte aus Spaß einen kleinen Knicks, wie ein Hausmädchen der Jahrhundertwende. Sie trug jedoch weder Schürze noch Haube, sondern hautenge Jeans, die in hohen roten Stiefeln steckten, sowie eine dünne Seidenbluse. Sie bückte sich und stellte fünf Flaschen Cola, aus denen Strohhalme lugten, auf den Tisch.

»Sehr zum Wohl, die Herren«, sagte sie mit glockenheller Stimme.

»Danke«, krächzte Håkon und wandte den Kopf ab.

Lukas traute sich nicht aufzublicken, doch auch so nahm er ihre wallenden blonden Haare und ihren wiegenden Gang wahr.

»Wohnt ihr beide etwa ganz allein hier?«, fragte Alexander neugierig, nachdem Elin den Raum wieder verlassen hatte.

Magnus sog nachdenklich an seinem Strohhalm, was ein schlürfendes Geräusch erzeugte. Dann sagte er mit monotoner Stimme: »Meine Eltern leben *ihr* Leben …«

Der Satz blieb für einen Moment in der Luft hängen. Lukas brach die beklommene Stille, die sich unversehens breitgemacht hatte: »Aber die kommen doch bestimmt bald aus dem Urlaub zurück.«

»Urlaub!«, wiederholte Magnus ärgerlich und warf Lukas einen verständnislosen Blick zu, als hätte dieser gerade den größten Unsinn von sich gegeben.

»Jedenfalls bist du ja nicht *ganz* allein«, fasste sich Elias ein Herz und verfluchte sich sogleich für diese Bemerkung. »Ich meine, Elin leistet dir doch bestimmt manchmal …«

»Meine Eltern sind sehr erfindungsreich, wenn es darum geht, ihr schlechtes Gewissen zu beruhigen«, entgegnete Magnus abgeklärt. »Und Elin ist so eine Art Entschädigung.«

»Du Glückspilz!«, entfuhr es Håkon.

»Ja, hätte schlimmer kommen können«, entgegnete Magnus versöhnlich und drehte an seinem braunen Lederarmband. »Außerdem liest mir Elin jeden Wunsch von den Augen ab«, fügte er mit vielsagendem Lächeln hinzu, was dazu führte, dass seine vier Gäste abermals in dumpfes Brüten verfielen. Niemand wagte zu fragen, um was für Wünsche es sich dabei handeln mochte. Håkon stellte fest, dass in diesem Punkt seine Fantasie versagte. Das Gespräch wollte daraufhin nicht mehr recht in Gang kommen.

* * *

Erst auf dem Heimweg entspannen sich erregte Diskussionen.

»Ich fass es nicht, da wohnt der Angeber mit dieser Hammerbraut unter einem Dach!« Håkon schien auf einmal mit seinem eigenen Schicksal zu hadern.

»Ich glaube, da hat's jemanden erwischt«, sagte Lukas grinsend und fiedelte ein bisschen auf der Luftgeige.

»Also ich möchte trotzdem nicht mit Magnus tauschen«, bemerkte Alexander. »Ich kam mir echt vor wie in einem parfümierten Möbelhaus. Und was für klobige Riesensessel. Die sind doch für Elefanten gemacht.«

»Aber Elin …«, gab Håkon zu bedenken.

»Und die zweihundert Pizzas in der Tiefkühltruhe«, ergänzte Elias.

»Und jeden Abend die geilsten Filme im eigenen Kino«, fügte Lukas hinzu.

Schließlich einigten sie sich darauf, dass sich die Vor- und Nachteile für Magnus einigermaßen die Waage hielten, und zumindest Håkon schwor sich, dass dies nicht sein letzter Besuch im Hause Granberg gewesen war.

Kapitel 4

Als die Dezernatsleiterin Liv Eriksen in den Konferenzraum fegte, schwappte ein ganzer Schwall schlechter Laune hinter ihr her. Ohne jemanden eines Blickes zu würdigen, ließ sie sich erschöpft auf einen Stuhl sinken. »Himmel, was für ein Tag!«, stöhnte sie und strich sich fahrig durch ihre frisch gefärbten rotstichigen Haare.

Hauptkommissar Ohlsen wusste aus langjähriger Erfahrung, dass man ihr ein wenig Zeit geben musste, sich zu sammeln. Also blätterte er seelenruhig weiter in seinen Unterlagen.

Polizeimeisterin Nina Holmberg saß wie immer hinter einem dampfenden Becher Caffè Latte von *Starbucks*, weil sie sich weigerte, die Plörre zu trinken, die auf dem Präsidium als Kaffee bezeichnet wurde.

Kommissar Magnus Gustavsen, der so etwas wie Ohlsens persönlicher Assistent war, hatte seine frisch gespitzten Bleistifte im rechten Winkel zur Tischkante angeordnet und wischte sich einen Fussel von seinem gelben Pullunder. Dann streckte er den Rücken und räusperte sich vernehmlich, zum Zeichen, dass er bereit war.

Polizeipsychologe Kjell Nygaard sonnte sich immer noch im verblassenden Glanz seines ersten und einzigen Erfolgs. Jahrelang war er vor allem durch Fehleinschätzungen und falsche Prognosen aufgefallen, und so hatte ihn wohl nur seine entfernte Verwandtschaft mit dem Polizeipräsidenten davor bewahrt, sich einen neuen Job suchen zu müssen. Doch nun hatte sich der Einbrecher Morten, auf dessen Konto auch Franziskas Entführung ging, tatsächlich als ehemaliges Waisenkind entpuppt – was exakt dem Täterprofil entsprach, das Nygaard zuvor erstellt hatte. Der blasse Polizeipsychologe mit der kantigen Brille blickte also mit dem gelassenen Selbstbewusstsein eines Mannes in die Runde, der sich für unverzichtbar hielt.

»Wir müssen uns alle mehr anstrengen!«, begann die Dezernatsleiterin unvermittelt. »Krogstad hat sich wieder mal aufgeführt wie Rumpelstilzchen. Er will endlich Ergebnisse sehen, vor allem, was die Brandserie in Grünerløkka angeht.«

Kriminaldirektor Krogstad befand sich in einem Zustand ständiger Ungeduld, die jederzeit in Jähzorn umschlagen konnte. An Argumenten oder Begründungen, warum dieser oder jener Fall noch nicht gelöst war, hatte er allerdings nicht das geringste Interesse. Ebenso wenig daran, ob bereits seit drei Monaten oder erst seit drei Tagen ermittelt wurde. »Nicht reden, sondern machen«, war einer seiner Lieblingssätze.

»Wir brauchen dringend mal wieder einen zählbaren Erfolg, damit wir uns nicht ständig für unsere Arbeit rechtfertigen müssen«, fuhr die Dezernatsleiterin zerknirscht fort. »Unsere Aufklärungsquote ist seit geraumer Zeit rückläufig.«

»Bei dem Wort Aufklärungsquote kriege ich *so* einen Hals!«, gab Ohlsen gereizt zurück und deutete mit beiden Händen an, dass sein Hals etwa so dick war wie ein Laternenpfahl. »Sind wir denn hier beim Fernsehen, dass es ständig um die Quote geht? Wenn Krogstad eine bessere Quote will, dann sollte er dafür sorgen, dass uns nicht immer weiter die Mittel zusammengestrichen werden. Seit Jahren sind wir chronisch unterbesetzt und unsere Ausstattung stammt von anno Tobak. Nicht mal eine ordentliche Kaffeemaschine haben wir.«

Nina nickte lebhaft.

»Haben wir denn gar nichts, womit wir Krogstad fürs Erste besänftigen können?«, fragte Liv Eriksen verzagt. »Gesicherte Indizien, vielversprechende Zeugenaussagen, einen begründeten Anfangsverdacht?«

»Beim Schuhhaus Sverre handelt es sich um versuchten Versicherungsbetrug, das ist so sicher wie das Amen in der Kirche«, antwortete Ohlsen grimmig. »Und beim Privatgebäude in der Helgesens gate könnte es sich um einen Kurzschluss gehandelt haben. *Das* haben wir. Nicht mehr und nicht weniger. Sobald es gesicherte Erkenntnisse gibt, wird sie unser verehrter Kriminaldirektor als Erster erfahren, aber erst dann«, fügte Ohlsen mit mildem Spott hinzu. »Ich habe jedenfalls nicht die geringste Lust, irgendwelche Spekulationen in die Welt zu setzen, die sich später als haltlos erweisen.«

»Spekulationen können haltlos, aber auch wohlbegründet sein«, schaltete sich Nygaard ungefragt ein. »Und es ist unsere Aufgabe, das eine vom anderen zu unterscheiden.«

»Was du nicht sagst«, erwiderte Ohlsen spitz.

»In diesem Zusammenhang bin ich stolz, euch mitteilen zu können, dass ich bereits im Besitz eines neuen Computerprogramms zur Erstellung von Täterprofilen bin, das erst in einem halben Jahr auf den Markt kommen wird«, fuhr Nygaard eifrig fort und blickte stolz in die Runde.

»Erst in einem halben Jahr? Wie bist du denn da rangekommen?«, wollte Gustavsen wissen. »Doch bestimmt nicht auf legalem Weg.«

Nygaard warf ihm einen leicht verunsicherten Blick

zu. »Den … ähem … Link zum Download habe ich von Kollegen aus England erhalten und die haben den … glaube ich … direkt von Scotland Yard.«

Beim Wort Scotland Yard pfiff Ohlsen leise durch die Zähne.

Gustavsen machte einen übertrieben beeindruckten Gesichtsausdruck. »Donnerwetter!«, rief er aus.

Liv Eriksen schaute drein wie eine frustrierte Lehrerin, die es nicht schafft, ihre zerstrittenen Schüler zur Räson zu bringen. »Und was *kann* diese neue Software?«, fragte sie in neutralem Ton.

»Dieses stichwortbasierte Programm hat einen riesigen Datenspeicher und kann aufgrund einer einfachen Verknüpfung von beliebig vielen Schlagwörtern in Sekundenschnelle konkrete Vorschläge zum Persönlichkeitsprofil eines Täters machen«, erklärte Nygaard beflissen.

»Echt revolutionär«, kommentierte Ohlsen.

Die Dezernatsleiterin gab ihm mit einem Blick zu verstehen, er solle seine lose Zunge im Zaum halten.

»Ich habe mir einmal erlaubt, das neue Programm mit gewissen Parametern zu füttern, zu denen auch die Adressen der Brandorte gehören«, erklärte Nygaard. »Dabei ist mir natürlich aufgefallen, dass die Brandorte alle ziemlich nahe beieinanderliegen.«

Nina lachte kurz auf. Es hörte sich an, als hätte sie Schluckauf.

»Wie dem auch sei«, sprach Nygaard irritiert weiter und kramte umständlich in seinen Papieren. »Unter Berücksichtigung aller Daten bin ich zu dem Schluss gekommen, dass es durchaus möglich wäre, ich meine, dass wir die Möglichkeit nicht vollkommen außer Acht lassen sollten, dass es sich eventuell ...«, er holte tief Luft, »um einen Feuerwehrmann handelt.« Er atmete aus.

»Einen Feuerwehrmann?« Die Brauen der Dezernatsleiterin schossen nach oben. »Ich dachte, wir suchen nach einem Brandstifter.«

»Das ist natürlich nur eine wissenschaftlich begründete Hypothese«, erwiderte Nygaard mit gespielter Bescheidenheit. »Brandstifter gibt es doch quer durch die Gesellschaft. Wieso sollte nicht auch mal ein Feuerwehrmann darunter sein? Vielleicht ein Pyromane, dessen Berufswahl schon eine bestimmte Neigung verrät. Eine Berufswahl, die es ihm ermöglicht, diese Neigung innerhalb seines Einsatzgebiets auszuleben. Auf diese Weise kann er sicher sein, zum Löschen von Bränden gerufen zu werden, die er selbst gelegt hat. Gab es da nicht mal diesen Fall in Finnland?«

Für einen Augenblick war es vollkommen still im Raum. Offenbar konnte sich niemand an einen entsprechenden Fall in Finnland erinnern. Die Dezernatsleiterin spitzte den Mund, als dächte sie über die Sache nach.

»Nun, das ist doch eine ziemlich praktische Sache für jemand, der regelmäßig ein großes Feuer erleben will, aufgrund seines Berufs aber von vornherein ein wasserdichtes Alibi hat«, fuhr Nygaard unverzagt fort. »Ich meine, wer kommt denn auf so was?«

»Tja, wer kommt auf so was«, wiederholte Ohlsen mit einem Anflug von Ironie. Zwar gab es für Nygaards Theorie wie üblich nicht den geringsten Anhaltspunkt, doch musste der Hauptkommissar im Stillen zugeben, dass der Polizeipsychologe in all den Jahren schon weitaus größeren Stuss von sich gegeben hatte.

Kapitel 5

Alexander konnte es kaum erwarten, seinen Freunden die sensationelle Neuigkeit zu überbringen. Noch während des Unterrichts verständigte er sich mit ihnen darauf, in der großen Pause den Sportplatz aufzusuchen, wo sie relativ ungestört sein würden.

»Wieso den Sportplatz?«, flüsterte Elias.

»Wart's ab!«

So latschten sie also um zwanzig nach elf zu fünft in Richtung Sportgelände. Vier Jungen und ein Mädchen. Nicht dass Franziska besonderen Wert darauf legte, die Freizeit mit ihrem Zwillingsbruder zu verbringen oder Mitglied einer Jungenclique zu sein. Doch zum einen fehlte ihr nach wie vor eine beste Freundin und zum anderen gab es da diesen Jungen, dessen Name mit A anfing und mit lexander aufhörte …

»Jetzt mach's nicht so spannend«, drängte Lukas, während sie sich auf dem rappelvollen Schulhof einen

Weg durch die Menge bahnten. »Könntest uns jedenfalls schon mal verraten, worum es geht.«

Statt zu antworten, blickte Alexander demonstrativ zu Magnus hinüber, der wie üblich mit irgendwelchen coolen Typen aus der Zehnten herumstand und die Hände in den Taschen vergraben hatte.

»Ah, du hast was Neues über unseren Millionenerben herausgefunden!«, platzte es aus Elias heraus.

Magnus drehte kurz seinen Kopf in ihre Richtung, behielt aber sein bekanntes Pokerface bei, dem man nicht die geringste Regung ansah. Wenn es einen Experten darin gab, sich nicht in die Karten gucken zu lassen, dann war es Magnus.

»Sag mal, geht's noch lauter?«, zischte Alexander und verdrehte die Augen.

Sie hatten das hohe Eisentor noch nicht erreicht, da hörten sie bereits Kaupangs schnarrende Stimme irgendwelche Kommandos rufen. Als sie Sekunden später die ungepflegte Rasenfläche betraten, sahen sie ihren strengen Sportlehrer mit vor der Brust verschränkten Armen im Mittelkreis des Fußballplatzes stehen. Er trug einen dunkelblauen Trainingsanzug und schien missmutig die langen Halme zu betrachten. Wahrscheinlich ärgerte er sich darüber, dass Hausmeister Gulliksen, dieser notorische Faulpelz, seit Ewigkeiten den Rasen nicht mehr gemäht hatte. Zwischendurch kommandierte Kaupang zwei Schüler herum, die rot-weiß gestreifte Hütchen auf dem Feld verteilten, vermutlich in Vorbereitung seines berüchtigten Zirkeltrainings. Ansonsten war auf dem Sportgelände niemand zu sehen.

Sie drängten sich nahe am Maschendrahtzaun zusammen, gaben sich jedoch Mühe, nicht allzu verschwörerisch auszusehen. Alexander ließ sich nicht lange bitten. »Ihr wisst doch, dass meine Mutter gerade auf Sizilien ist, also hab ich sie vorhin mal auf WhatsApp gefragt, ob sie zufällig die Familie Granberg kennt.«

»Und?«, fragte ein vierstimmiger Chor.

»Kennt sie«, antwortete er knapp. »Und jetzt ratet mal, woher die ihre ganze Kohle haben.«

Håkon zuckte die Schultern. »Immobilien, Aktien, keine Ahnung.«

»Vielleicht ein fetter Lottogewinn«, mutmaßte Franziska.

Alexander schüttelte den Kopf. »Weitere Vorschläge?«

»Schätze, die sind kriminell«, sagte Elias leichthin. »Irgendwas mit Waffen oder Drogen. Bei denen stinkt's doch im ganzen Haus nach Dope.«

Alexander ließ grinsend die Katze aus dem Sack. »Staubsauger.«

»Hä? Willst du uns verarschen?«, fragte Lukas.

»Ganz im Ernst, die haben ein Staubsaugerimperium.« Alexander betonte jede einzelne Silbe des langen Wortes. »Moment, ich zeig's euch.« Er öffnete WhatsApp, klickte den Chat mit seiner Mutter an und begann laut zu lesen: »*Lieber Alex, du weißt ja, dass ich eigentlich nie schlecht über andere Leute rede, aber bei den Granbergs mache ich gern eine Ausnahme. Das sind nämlich neureiche Schnösel, die mit ihren patentierten Reinigungsgeräten ein Vermögen gemacht haben. Bornierte Snobs, die manchmal …*«

»Was?«, unterbrach ihn Lukas.

»Snobs«, wiederholte Alexander.

»Nee, das andere Wort.«

»Borniert.«

»Und was heißt das?«

»Eingebildet.«

»Aha.«

»Komm, Alex, lies weiter«, bat Franziska.

»*Bornierte Snobs, die manchmal in irgendwelchen Klatschmagazinen auftauchen, weil sie sich für wichtiger halten als die Fürstenfamilie aus Monaco.*«

»*Wo* kommen die her?«, fragte Elias.

»Aus Monaco, wasch dir die Ohren«, brummte Håkon.

»Die Granbergs kommen aus Monaco?«

»Die Fürstenfamilie, Mann!« Håkon stampfte auf.

Alexander räusperte sich. »Wo war ich stehen geblieben? Ach ja: *Vater Granberg war Klempner, bis er eines Tages diese Staubsauger erfunden hat, die angenehme Gerüche verströmen. Oma Ragnhild hat sich auch so ein Ding zugelegt. Deswegen riecht's bei ihr in letzter Zeit immer nach Bourbonvanille.«* Er blickte auf. »Will zufällig jemand wissen, was Bourbonvanille ist?«

Elias winkte ab. »Geschenkt.«

»... *nach Bourbonvanille*«, nahm Alexander den Faden wieder auf. »*Sie ist schon ganz süchtig danach. Wenn du Genaueres wissen willst, sieh dir mal die Homepage der Firma an. Warum fragst du eigentlich?*«

Alexander schloss die App und versenkte sein Smartphone mit einer lässigen Bewegung in der Hosentasche. »Na, was sagt ihr dazu?«

»Deine Mutter benutzt echt viele Fremdwörter«, sagte Elias beeindruckt.

»Ist das alles, was dir dazu einfällt?« Alexander war fassungslos. »Das mit den Granbergs ist doch echt der Hammer. Die waren nicht immer so piekfein wie heute, sondern ziemlich arme Schlucker, bis sie ihre komischen Staubsauger erfunden haben.«

»Und damit kann man reich werden?«, wunderte sich Franziska.

»Anscheinend schon.«

»Jetzt wird mir alles klar«, sagte Håkon.

»Was meinst du?«, fragte Lukas.

»Na, diesen vornehmen Gestank bei denen in der Bude.«

»Und Magnus allein zu Haus«, ergänzte Alexander.

»Vergiss Elin nicht.« Håkons Augen hatten einen träumerischen Ausdruck angenommen.

»Welche Elin?«, fragte Franziska.

»Hat dir Lukas etwa nichts von Elin erzählt?« Alexander sah sie ungläubig an.

»Das wollte ich Håkon überlassen«, verteidigte sich Lukas. »Ich bin sicher, dass niemand schönere Worte findet als er, um so ein zauberhaftes Wesen …«

Weiter kam er nicht, weil ihn plötzlich jemand in den Schwitzkasten nahm.

Kapitel 6

Wie an jedem Tag hatte sich an der Essensausgabe der Mensa eine lange Schlange gebildet. Horden drängelnder Schüler warfen begehrliche Blicke auf dampfende Würstchen, goldgelbe Pommes und knusprige Pizzas mit kleinen Fettaugen. Gierige Hände angelten sich Donuts und Muffins. Scherzkekse vertauschten die Speisen ihrer Nebenleute oder bedienten sich dreist an den Tabletts ihrer Mitschüler. An der Salatbar war die Lage hingegen entspannt, und auch die großen Obstkörbe, die extra so platziert waren, dass jeder an ihnen vorbeigehen musste, wurden nur gelegentlich in Anspruch genommen. Im Saal und in den angrenzenden Räumen tobte derweil der Kampf um die Plätze.

In der Mensa herrschte also das Gesetz des Dschungels. Lehrer ließen sich hier nur selten blicken. Und falls sich doch einmal ein ungebetener Gast in diese Wildnis verirrte, ergriff er meist die Flucht, sobald er – rein zufällig natürlich – von herumfliegenden Pommes am Kopf getroffen wurde.

Franziska gab ihre Essensmarke an der Kasse ab, schnappte sich im Vorbeigehen ein paar Papierservietten und dirigierte ihre Klassenkameradin Mia geschickt in den hintersten Raum, in dem Alexander und die anderen bereits den Ecktisch in Beschlag genommen hatten.

Sie setzten sich an den Nebentisch, der über und über mit Sprüchen und Zeichnungen bekritzelt war. Mia inspizierte erst einmal ihren viereckigen Teigklotz, der ein Stück Lasagne darstellen sollte. Mit der Behutsamkeit einer Chirurgin zerlegte sie die einzelnen Schichten, schob die rote Pampe an den Tellerrand und hielt ein labberiges Nudelblatt gegen das Licht des Fensters.

»Was tust du da?«, fragte Franziska.

»Mein Vater sagt, solche Fertiggerichte werden aus alten Autoreifen hergestellt.«

»Hört sich ja lecker an. Aber müssten die Nudeln dann nicht schwarz sein?«

Mia schüttelte ihre blonden Locken und rümpfte ihre Himmelfahrtsnase. »Dafür gibt's doch Lebensmittelfarbe. Das Zeug hier könnte genauso gut blau oder grün sein.«

»Igitt.« Franziska schnitt eine angewiderte Grimasse. »Hast du denn keinen Hunger?«

»Klar.« Mia legte den Kopf in den Nacken und ließ den Nudelfetzten, den sie zwischen Daumen und Zeigefinger hielt, genüsslich in ihren Mund gleiten. »Für einen Autoreifen gar nicht so übel«, nuschelte sie.

Franziska schielte verstohlenen zum Ecktisch hinüber, wo Alexander auf seinem Smartphone herumtippte. Seine drei Freunde schauten neugierig aufs Display und schienen irgendwelche Kommentare abzugeben.

»Findest du den eigentlich auch so süß?« Mias Finger schlossen sich vertraulich um ihren Unterarm.

Franziska zuckte zusammen. »Äh, was?«

»Ob du den auch so süß findest?«

»Wen?«

»Na, Magnus natürlich.«

»Was soll an dem denn süß sein?« Franziska biss von ihrem Burger ab.

»Süß ist vielleicht der falsche Ausdruck«, korrigierte sich Mia. »Aber diese dunklen Locken und die tiefe Stimme … ich meine, der ist einfach nicht so ein Baby wie die anderen Jungs.«

»Wenn die anderen Babys sind, dann ist Magnus ein Riesenbaby«, entgegnete Franziska.

»Entschuldige, ich wollte deinen Bruder nicht beleidigen.«

Franziska winkte ab. »Was Lukas angeht, hast du völlig recht, der ist im geistigen Krabbelalter.«

»Und deinen Alexander natürlich auch nicht«, ergänzte Mia und zwinkerte ihr verschmitzt zu, als teilten sie ein Geheimnis.

Franziska hätte sich fast an ihrem Mineralwasser verschluckt. »Das ist nicht *mein* Alexander!«, flüsterte sie mit Nachdruck. »Außerdem sitzt er direkt da drüben, falls du's noch nicht bemerkt haben solltest.«

»Ist was?«, fragte Alexander in ihre Richtung.

Mia setzte eine unschuldige Miene auf und zuckte die Schultern. Franziska lächelte ihn gequält an, während ihr der Schweiß auf die Stirn trat. Mit diesem Verlauf des Gesprächs hatte sie nicht gerechnet. »Ich will nicht darüber reden«, murmelte sie. »Und schon gar nicht hier.«

»Aber ich hab recht, stimmt's?«

Franziska fand den triumphierenden Ton in Mias Stimme höchst unpassend. Leider gehörte ihre Freundin zu der Sorte von Menschen, denen überhaupt nichts peinlich war und die auch nicht davor zurückschreckten, andere in peinliche Situationen zu bringen.

»Nein, hast du nicht«, formten ihre Lippen. Fast bereute es Franziska, sich nicht gleich zu Alexander und den anderen gesetzt zu haben. Sollte Mia doch glauben, was sie wollte.

Am Nebentisch hatte ein unterdrücktes Gackern und Kichern eingesetzt. Håkon führte eine seltsame

Pantomime auf. Als würde er mit einem unsichtbaren Besen den Boden wischen. Dazu stieß er ein anhaltendes Brummen aus. Elias lachte so sehr, dass der blonde Vorhang vor seinen Augen wackelte und sich der *Enjoy Capitalism*-Schriftzug auf seinem schwarzen T-Shirt verzerrte. Was Alexander vom Display seines Handys ablas, dachte Franziska, musste echt der Brüller sein. Sie konnte ihre Neugier nicht länger beherrschen.

»Bin gleich wieder da.« Mit diesen Worten schob sie quietschend ihren Stuhl zurück, stand zwei Sekunden später hinter »ihrem« Alexander und beugte sich neugierig über seine rechte Schulter. Alexander reagierte nicht darauf, doch schien es ihr so, als hätte er seinen Kopf kurz nach hinten gelehnt. Sie erblickte eine Homepage namens vacufresh.com. Eine Computeranimation zeigte einen kugelrunden Staubsauger, der alle paar Sekunden Farbe und Beschriftung änderte. »*Grün – Norwegische Edeltanne*«, las Alexander. »*Lila – Lavendel. Beige – Bourbonvanille.*«

»Den hat doch deine Oma«, erinnerte sich Håkon.

Alexander nickte. »Bei *Eukalyptus-Menthol* steht in Klammern *Empfohlen bei Atemwegserkrankungen.*«

»Echt cool«, kommentierte Lukas. »Staubsaugen statt Pillenschlucken.«

Plötzlich tauchte über Alexanders Schulter ein zweiter Kopf auf. »Was gibt's denn hier Spannendes zu sehen?«, zwitscherte Mia.

»Das ist eigentlich nicht für die Allgemeinheit bestimmt«, antwortete Alexander entschieden, hielt eine Hand über das Display und dachte kurz nach. »Aber wenn du versprichst, es für dich zu behalten …«

»Großes Indianerehrenwort«, versprach Mia mit gespieltem Ernst und streckte drei Finger in die Luft.

Alexander entfernte die Hand wieder. »Das ist die Homepage der Firma, die Magnus' Vater besitzt«, erklärte er bereitwillig. Zum Beweis klickte er auf *Unser Unternehmen*, wo ein Mann namens Ole Granberg als Geschäftsführer genannt wurde.

Alexanders Freimütigkeit gab Franziska einen Stich. Sie konnte nicht begreifen, dass er ausgerechnet Mia in ihr Geheimnis einweihte. Die war ungefähr so verschwiegen wie eine ganze Horde von Klatschmäulern. Wahrscheinlich würde sie noch heute ihren dreizehn besten Freundinnen davon erzählen, natürlich unter dem Siegel der Verschwiegenheit, und morgen wusste es dann die halbe Schule.

Mia kicherte. »Die machen in Staubsaugern? Ist ja 'n Ding.«

Alexander klickte am linken Bildrand das Wort *Wellness-Linie* an, worauf weitere Duftkreationen mit Namen wie *Tausendundeine Nacht*, *Winterharmonie*, *Liebeszauber* etc. erschienen.

»Also gegen eine Privatvorführung von Magnus

hätte ich nichts einzuwenden«, bemerkte Mia vielsagend.

»Sag bloß, du stehst auf den Typen«, entgegnete Lukas.

»Das hab ich nicht gesagt«, erwiderte sie. »Aber einen Versuch wäre er allemal wert.«

»Mach dir bloß keine Hoffnungen«, schaltete sich Elias ein. »Magnus ist schon vergeben.«

»Was?«, rief Mia so laut, dass es im ganzen Raum zu hören war.

»Die beiden wohnen sogar zusammen«, klärte Håkon sie auf.

Für einen Moment schien es Mia die Sprache verschlagen zu haben. Als sie gerade zu einer Erwiderung ansetzen wollte, wurde der Nebenraum von einem ohrenbetäubenden Klirren und Scheppern erfüllt, als hätte dort jemand einen ganzen Stapel von Tellern fallen gelassen. Erregte Rufe, krachende Stühle, klatschende Geräusche, dumpfes Stöhnen. Offenbar war nebenan eine Schlägerei im Gange.

Viele Schüler betrachteten Schlägereien als eine willkommene Abwechslung im öden Schulalltag – sofern sie selbst nicht daran beteiligt waren. Demzufolge zog eine Keilerei stets das gleiche Ritual nach sich: Die Schaulustigen bildeten einen Kreis, sorgten dafür, dass die Kämpfenden nicht gestört wurden, feuerten ihren Favoriten an und filmten die Szene oder machten Fotos. In diesem Fall war ein Halbkreis entstanden, da die beiden Streithähne offenbar nahe der Wand über den Boden kugelten und dort aufeinander eindroschen. Die Scherben des zerbrochenen Geschirrs waren fürsorglich zur Seite geschoben worden, während sich das Essen, das sich eben noch auf den Tellern befunden hatte, nun großflächig auf die Umgebung verteilte. Die Wand wurde von einem sternförmigen Fleck aus Ketchup geschmückt, Erbsen sprenkelten den Boden, eine Handvoll Spaghetti hing dekorativ über dem Heizkörper.

Als Franziska sich zum Ort des Geschehens vorgedrängt hatte, sah sie, dass es ein ungleicher Kampf war. Magnus saß einem Jungen aus der Parallelklasse, dessen Name ihr nicht einfiel, auf der Brust und deckte ihn mit Ohrfeigen ein. Der andere schlug verzweifelt um sich, ohne seinem schwergewichtigen Gegner Paroli bieten zu können. Anfeuerungsrufe waren ausnahmsweise keine zu hören. Diese Auseinandersetzung war zu einseitig, als dass es sich gelohnt hätte, für einen der Kontrahenten Partei zu ergreifen. Dafür machte sich eine beklommene Stille breit, einzig durchbrochen von dem Klatschen der Schläge und dem gepressten Stöhnen des Unterlegenen, dessen Kopf dunkelrot angelaufen war. Magnus war gefährlich nahe an seinen Hals herangerückt und drohte ihm mit seinem Gewicht die Luft abzudrücken.

Weshalb schritt hier niemand ein? Warum tat niemand etwas? Wo war das erwachsene Personal der Mensa, dem die Auseinandersetzung doch unmöglich verborgen geblieben sein konnte? Als Franziska schon ein verzweifelter Schrei auf den Lippen lag, stürzte jemand auf Magnus zu und riss ihn von hinten zurück.

Der landete mit verdutzter Miene auf dem Rücken und sah plötzlich aus wie ein plumper, dicker Käfer. »Das reicht!«, brüllte ihm Alexander ins Gesicht. Der andere Junge wälzte sich röchelnd zur Seite und fing an zu husten.

Franziska fürchtete schon, Magnus würde sofort auf Alexander losgehen. Doch sie hatte sich getäuscht. Schwer atmend klopfte sich Magnus den Staub von den Kleidern. Dann nickte er mit offenem Mund vor sich hin, als müsse er sich besinnen, und warf Alexander einen langen Wir-sprechen-uns-noch-Blick zu. Mühsam rappelte Magnus sich auf und stapfte davon, während die Umstehenden respektvoll zur Seite wichen.

Kapitel 7

Je mehr Alexander über die Sache nachdachte, desto seltsamer kam sie ihm vor. Eigentlich hielt er Magnus nicht für einen Schläger, obwohl er fraglos etwas Einschüchterndes hatte und dies auch gern ausspielte, wenn er es für nötig hielt. Die meisten in der Klasse blieben auf Distanz zu ihm und beobachteten ihn lieber aus der Ferne. Unter den Mädchen gab es allerdings nicht wenige, die bewundernd an seinen Lippen hingen, sobald er den Mund aufmachte. Wahrscheinlich waren sie von seiner coolen, rätselhaften Art fasziniert. Richtig warm mit ihm wurde niemand, und auch Magnus suchte keine Nähe, sondern gefiel sich offenbar als jemand, der von einem Geheimnis umgeben war. Dem man lieber nicht zu nahe kam. Ein einsamer Wolf unter Schafen.

In den Pausen hing er immer mit denselben Jungs aus der Zehnten rum, obwohl er auch mit ihnen nicht richtig befreundet zu sein schien. Sie standen einfach beisammen, guckten in die Luft und wechselten ab und zu ein Wort. Als wären sie einzig und allein durch die Tatsache verbunden, dass sie sich zu Tode langweilten.

Was Alexander allerdings am meisten überraschte, war die Tatsache, dass Magnus seit dem Vorfall in der Mensa eine gewisse Sympathie für ihn bekundete. Es war, als hätte ihm sein beherztes Eingreifen Respekt abgenötigt. Und so wurde Alexander die große Ehre zuteil, die Nobelvilla der Granbergs ein zweites Mal besuchen zu dürfen – nun mit offizieller Einladung.

»Hast du heute schon was vor?«, hatte ihn Magnus plötzlich gefragt, als sie nach Schulschluss inmitten einer Traube von Mitschülern aus dem Gebäude schlurften.

»Nein, warum?«

»Dann komm nachher bei mir vorbei.«

Es hatte wie eine Anweisung geklungen. Alexander war so perplex gewesen, dass er Magnus' coolen Ton nachgemacht und »Geht klar!« geantwortet hatte. Sonst nichts.

Jetzt stand er also erneut vor dem Wappenschild, das sich in den Klauen des Löwen befand, und drückte auf den goldenen Klingelknopf. Während er wartete, dachte er sich, dass der Löwe bei näherer Betrachtung nicht nur gelangweilt, sondern auch ziemlich dämlich aussah. Diesmal gab es kein Hundegebell zur Begrüßung. Als er die steilen Stufen zum Haus emporgestiegen war, nahm ihn zu seiner Verwunderung nicht Magnus, sondern Elin in Empfang. Sie trug einen kurzen Rock, hohe Schuhe und einen eng anliegenden schwarzen Rollkragenpullover. Ihre gelockten Haare hatte sie zu einem Pferdeschwanz zusammengebunden.

»Hallo, Alex«, sagte sie mit solcher Natürlichkeit, als wären sie alte Bekannte. Zweiunddreißig strahlend weiße Zähne lächelten ihn an. »Magnus steht noch unter der Dusche.«

»Ach«, entgegnete Alexander und hätte sich für diesen Mangel an Schlagfertigkeit am liebsten in den Hintern gebissen.

Der Geruch im Haus hatte sich verändert. Heute duftete es würzig nach Wald und Tannennadeln, was so gar nicht zum noblen Ambiente passte. Elins Absätze klackten über den Steinboden. Ihr Pferdeschwanz wippte im Takt dazu. Alexander ließ sich von ihr in eines von Magnus Zimmern führen. Zumindest glaubte er, dass es eines seiner Zimmer war. Der Kontrast zur übrigen Einrichtung des Hauses hätte nicht größer sein können. Statt der Glastische und weißen Ledermöbel, die sonst überall zu finden waren, glich Magnus' Behausung einer finsteren Höhle. Eine schwarze Sitzecke, bestehend aus zwei abgenutzten Cordsofas und einem Sessel, sahen wenig einladend aus. Dazwischen ein niedriger Holztisch, dessen Platte vollkommen leer war. Von den Wänden glotzten finstere Gestalten auf ihn herab, offenbar irgendwelche Heavy-Metal-Bands, die Alexander nicht kannte. Der Sitzecke gegenüber stand ein schwarzes Lackregal, auf dem sich ein Fernseher, ein PC, mehrere Spielkonsolen und eine offene Kiste mit CDs und Computerspielen befanden. Links von diesem Sammelsurium wölbte sich ein offener Türbogen, der zum nächsten Zimmer führte.

»Fühl dich ganz wie zu Hause«, sagte Elin. »Magnus kommt gleich.« Damit war sie verschwunden.

Alexander drehte eine Runde durch den Raum und wollte gerade einen Blick durch den Türbogen riskieren, als Magnus, aus dem Nebenraum kommend, plötzlich vor ihm stand.

»He!«

»He!«

Sie schlugen in Brusthöhe ihre Hände zusammen und zogen sich kurz aneinander, sodass sich für den Bruchteil einer Sekunde ihre Schultern berührten. Genauer gesagt berührten sich Alexanders Schulter und Magnus' Oberarm, weil Magnus einen Kopf größer war. Magnus trug eine graue Jogginghose von *Abercrombie & Fitch* sowie ein ausgefranstes blaues T-Shirt mit dem Vereinslogo der *New York Knicks*. »Musste mich ein bisschen frisch machen«, erklärte er und fuhr sich durch seine feuchten Locken, die aussahen, als wäre sein Kopf ein Schlangennest. Dann zog er zwei Dosen Red Bull aus den Hosentaschen und stellte sie auf den Tisch.

Wie auf Kommando ließen sie sich auf je eine durchgesessene Couch sinken, zogen die Laschen der Dosen auf und tranken schweigend.

»Wenn du wählen könntest, wer du sein willst, wofür würdest du dich entscheiden?«, fragte Magnus wie aus heiterem Himmel.

Alexander war es inzwischen gewohnt, dass Magnus mir nichts, dir nichts seltsame Dinge von sich gab oder von einem Moment auf den anderen das Thema wechselte. Dennoch fühlte er sich ein bisschen überrumpelt.

»Wie meinst du das, wer ich sein will?«

»Ich meine, wenn du noch mal auf die Welt kommen würdest und dir vorher aussuchen könntest, wo das ist und wer deine Eltern sind und so weiter. Ob du dann in New York, in Spanien oder in Australien wohnen würdest, ob deine Eltern reich oder arm wären, ob du viele Geschwister hättest oder lieber ein Einzelkind wärst.«

»Wer wünscht sich schon arme Eltern«, erwiderte Alexander spontan.

»Arm und reich sind doch relativ«, präzisierte Magnus. »Ich will natürlich auch nicht irgendwo in den Slums in einer Blechhütte wohnen.«

»Sondern?«

»Ich hab *dich* gefragt!«

»Also wenn ich in Ruhe darüber nachdenke«, antwortete Alexander, um Zeit zu gewinnen, »dann würde ich wahrscheinlich ... alles so lassen, wie es jetzt ist.«

Magnus starrte ihn ungläubig an. »Ist das dein Ernst?«

»Klar, wieso nicht.«

Magnus zog die Brauen weit nach oben und sah aus wie jemand, der soeben erfahren hat, dass die Erde doch eine Scheibe ist. »Würdest du denn gar nichts ändern wollen?«, fragte er. »Dein Aussehen, dein Zuhause ...«

»Ist was an meinem Aussehen nicht in Ordnung?«

»War ja nur ein Beispiel.«

»Ehrlich gesagt«, entgegnete Alexander und verschränkte die Arme, »hab ich darüber noch nie nachgedacht.«

Magnus kratzte sich am Kinn. »Aber wenn du nicht das Geringste ändern würdest«, sagte er nachdenklich, »dann heißt das doch ... dass dein Leben perfekt ist.«

Alexander dachte über das Wort perfekt nach, ehe er entschieden den Kopf schüttelte. »Mein Leben ist nicht perfekt«, stellte er fest und trank einen weiteren Schluck. »Also wenn du's genau wissen willst, wäre ich gern ein paar Zentimeter größer, vielleicht so groß wie du. Und natürlich wäre es schön, wenn wir mehr Geld hätten, ein Ferienhaus in Italien, und große Reisen machen könnten und so was. Außerdem hab ich mir immer einen Hund gewünscht, aber nie bekommen, weil meine Eltern meinen, wir hätten zu wenig Zeit.«

»Also würdest du doch was ändern!«

Magnus streckte ihm seinen Zeigefinger entgegen und warf ihm einen bohrenden Blick zu, als würde er ganz genau darauf achten, was Alexander als Nächstes sagte.

Der kehrte die Handflächen nach oben und stieß hörbar die Luft aus. »Das sind doch alles nur Kleinigkeiten. Ich meine, natürlich wären das schöne Dinge, aber irgendwie … sind sie nicht wichtig.«

Magnus kniff die Augen zusammen und schien angestrengt nachzudenken. »Soll ich dir was verraten?«, fragte er plötzlich.

»Klar.«

»Ich hab das noch nie jemand erzählt, aber ich hätte wahnsinnig gern eine kleine Schwester.«

»Echt?« Alexander hätte mit vielem gerechnet, aber nicht damit.

»So eine süße kleine Nervensäge, um die ich mich kümmern könnte … ach, vergiss es einfach.« Magnus schlug mit der Hand aus, als würde er eine lästige Fliege verscheuchen. Er sprang auf. »Komm mit, ich zeig dir was.«

Magnus stampfte ins Nebenzimmer und schloss die Türen eines riesigen Kleiderschranks auf, der fast bis zur Decke reichte. Er klappte die beiden Flügel auseinander und begann in dem Wäschehaufen zu wühlen, mit dem der Schrank angefüllt war. Zerknautsche Hosen, zerknitterte T-Shirts und vereinzelte Socken flogen in hohem Bogen über seine Schulter hinweg. Dann hielt er plötzlich eine große Plastikkiste in der Hand, die er auf den Teppich wuchtete. Schnaufend entfernte er den Pappdeckel, mit dem die Kiste abgedeckt war.

Alexander stieß einen lang gezogenen Pfiff aus. Die Kiste war randvoll mit Feuerwerkskörpern und Silvesterknallern, darunter viele Arten, die er noch nie gesehen hatte. Er nahm eine rechteckige Packung heraus, konnte jedoch die Beschriftung auf dem roten Papier nicht lesen. »Wo hast du die denn her?«

»Die haben mir Freunde aus Lettland mitgebracht«, antwortete Magnus. »Manches davon kann man auch im Internet bestellen.«

»Mit der Kiste könntest du wahrscheinlich halb Oslo in die Luft jagen.«

»Keine Sorge, ich hab nicht vor, zum Terroristen zu werden«, erwiderte Magnus ernst.

»Aber was willst du mit dem ganzen Zeug anfangen?«, wollte Alexander wissen.

»Ein bisschen Spaß haben, mehr nicht«, antwortete

Magnus. Silvester werd ich's auf jeden Fall richtig krachen lassen, und einen von diesen hier«, er zog einen grauen Würfel mit bedenklich kurzer Zündschnur aus der Kiste, »hab ich schon mal an meiner alten Schule getestet.« Magnus grinste breit. »Mit durchschlagendem Erfolg, könnte man sagen.«

»Wusste noch gar nicht, dass Oslo seit Kurzem eine Schule weniger hat«, entgegnete Alexander trocken.

Magnus lachte grimmig. »Nur einen Getränkeautomaten weniger. Ich hab den Kracher in die Öffnung für die Getränkeausgabe gelegt und angezündet, und dann: WUMM!« Magnus riss die Augen auf und warf seine Arme in die Luft, um die Explosion zu verdeutlichen. »Ich sag dir, den halben Automaten hat's zerfetzt.«

Alexander fragte sich für einen Moment, ob Magnus noch alle Tassen im Schrank hatte. »Lass mich raten, wie's weiterging«, sagte er. »Der Direktor hat dir einen Orden verliehen und dir die Beaufsichtigung des Chemielabors übertragen.«

Magnus prustete los und wollte sich gar nicht wieder beruhigen. »Ey, Mann, ich mag deinen Humor!« Er schüttelte wiehernd den Kopf und wischte sich ein paar Lachtränen aus den Augenwinkeln. »Das war in einer Freistunde, während alle anderen Unterricht hatten. Pech war nur, dass ausgerechnet in dem

Moment, als ich den Lettenkracher angezündet hab, so ein kleiner Streber aus der Achten von der Toilette kam. Ich hab noch ›Weg!, Weg!‹ geschrien, aber zu spät. Der Typ hat den Schock seines Lebens gekriegt. Erst dachte ich, der kippt um, aber dann brüllt er plötzlich los und rennt in seine Klasse zurück – war wohl doch schlechtes Timing.« Magnus zuckte die Schultern.

»Und die Schule hat dir kurz darauf mitgeteilt, dass sie auf deine zündenden Ideen in Zukunft keinen Wert mehr legt«, mutmaßte Alexander.

»Du sagst es.« Magnus stemmte die Hände in die Hüften und richtete seinen Blick in die Ferne, als liefe ein Film vor seinem geistigen Auge ab. »Mitgeteilt haben sie es allerdings nicht mir, sondern meinen Eltern, die echt stocksauer auf mich waren. Aber ich glaube, das war vor allem, weil sie extra aus Lanzarote anreisen mussten.«

»Verstehe«, sagte Alexander, obwohl er eigentlich immer weniger verstand, was in Magnus' Kopf vor sich ging. »Sag mal, eines musst du mir noch erklären«, fuhr er fort. »Diese Schlägerei neulich in der Mensa, wie hat die eigentlich angefangen?«

Magnus atmete tief durch und bekam einen finsteren Tunnelblick. »Die hat angefangen, weil mich Mathias, diese kleine Ratte aus der 9 c, dumm angemacht hat. Ich hab ihn zwei Mal gewarnt, aber der hat einfach nicht aufgehört, mich mit seinen dämlichen Bemerkungen zu provozieren.«

»Was für Bemerkungen waren das denn?«, fragte Alexander vorsichtig.

»Dass mein Vater unschuldige Leute ins Gefängnis bringen würde und meine Eltern der Schule einen Haufen Geld bezahlt hätten, damit sie mich nimmt, und so 'n Scheiß. Da hab ich ihm eben irgendwann das Maul gestopft.«

Es entstand ein kurzer Moment der Stille. Alexander traute sich nicht nachzufragen, wie Mathias überhaupt auf die Idee kam, Magnus' Vater würde unschuldige Leute ins Gefängnis bringen. Was die Sache mit dem Geld anging, so schoss ihm kurz die neue Tartanbahn durch den Kopf, doch er verwarf diesen Gedanken sofort wieder.

»War aber okay, dass du dazwischengegangen bist«, sprach Magnus weiter. »Außer dir hätte sich das sowieso keiner getraut.«

Alexander wusste nicht, was er darauf entgegnen sollte.

Stattdessen fragte er mit Blick auf die Feuerwerkskiste: »Sag mal, könntest du mir vielleicht einen Gefallen tun?«

Magnus sah ihn überrascht an und breitete in einer großzügigen Geste die Arme aus.

»Könntest du mir unter Umständen Bescheid sagen, bevor du unser Klassenzimmer in die Luft sprengst oder die ganze Schule abfackelst?«

Magnus legte ihm fürsorglich seine breite Hand auf die Schulter. »Verlass dich drauf, Kumpel. Wenn ich wieder mal ein bisschen Spaß haben will, wirst du's als Erster erfahren.«

Kapitel 8

Sie hatten sich am Hafen bei *Peppes Pizza* versammelt. Die vollständige Familie Fischer, bestehend aus Lukas und Franziska samt ihrer Mutter Claudia, sowie die unvollständige Familie Ohlsen, vertreten durch Alexander und seinen Vater. Pizza war Lukas absolutes Lieblingsessen, allerdings bestand in dieser Hinsicht eine klare Rangfolge, die er wohlweislich für sich behielt. Wenn seine Mutter selbst eine Pizza zubereitete, was hin und wieder geschah, war das natürlich ein Grund zur Freude und stellte zumindest alle Nichtpizzagerichte in den Schatten. Noch besser als die Pizza seiner Mutter schmeckten ihm verschiedene Tiefkühlprodukte, vor allem die der Marke *Grandiosa*, was er ihr natürlich niemals auf die Nase binden würde. Und den Gipfel des Genusses stellten die ebenso fluffigen wie knusprigen, mehrere Zentimeter dicken Wunderwerke der Pizzakette *Peppes* dar, und von all diesen Köstlichkeiten vor allem die *American*

Highway No 18 mit hausgemachten Fleischklößchen, gegrillter Paprika und marinierten Champignons. Dazu wurde im Restaurant eine unwiderstehliche weiße und eine süchtig machende rote Soße serviert, von denen man sich so viel auf die Pizza löffeln konnte, bis sämtliche Zutaten darunter verschwunden waren. Da Lukas keiner dieser beiden Soßen unrecht tun wollte, nahm er stets von beiden.

»Sei froh, dass Leif nicht dabei ist, Mama«, sagte Franziska mit vollem Mund. »Sonst wäre das hier doppelt so teuer geworden.«

Der Gedanke an ihren unersättlichen, egoistischen und kriminellen Exfreund entlockte Claudia ein gequältes Lächeln. »Ach, Franzi, bitte nenn diesen Namen nicht mehr. Ihr könnt euch sicher sein, dass ich von Männerbekanntschaften fürs Erste genug habe.«

»Eine weise Entscheidung«, befand Lukas, während er seine dampfende Pizza in vier gleiche Teile schnitt. »Nur schade, dass wir die Hütte von dieser Knalltüte nicht mehr benutzen können. Die war nämlich gar nicht so übel.«

»Das war nicht seine Hütte, sondern die eines Freundes«, stellte Franziska klar. »Sag mal, hast du das immer noch nicht kapiert?«

»Anscheinend hast *du* nicht kapiert, dass du heute noch durch den Wald laufen würdest, wenn Leif nicht gewesen wäre«, gab Lukas zurück.

»Vielleicht sollten wir dieses Thema jetzt ruhen lassen«, schaltete sich Ohlsen gutmütig ein. »Außerdem braucht hier keiner auf die Preise zu gucken. Das Polizeipräsidium Oslo übernimmt natürlich sämtliche Kosten.«

Alle schauten ihn überrascht an.

»Wir wollen uns ja nicht nachsagen lassen, dass wir Entführungsopfer und ihre traumatisierten Angehörigen später im Regen stehen lassen«, erklärte er augenzwinkernd. »Namhafte Psychologen empfehlen in solchen Fällen die regelmäßige Zufuhr von Pizza und Cola.«

»Du meinst, das ist hier so 'ne Art Familientherapie?«, fragte Alexander.

»Absolut, obwohl für Therapiesitzungen eigentlich deine Mutter zuständig ist.«

Claudia, die sich inzwischen zu den engsten Freundinnen von Katja Ohlsen zählte, warf dem Kommissar einen dankbaren Blick zu. »Katja scheint auf Sizilien ja eine großartige Zeit zu haben«, warf sie ein. »Erst gestern hat sie mir ein paar aktuelle Fotos von ihrer Fortbildung geschickt, aber die kennt ihr ja bestimmt schon.«

»Lass mal sehen«, bat Alexander.

Claudia zog ihr iPhone aus der Tasche, öffnete WhatsApp und scrollte nach unten. Dann schob sie das flache Gerät quer über den Tisch.

Ohlsen junior und senior betrachteten neugierig das Display, auf dem sich untereinander drei kleine Fotos aufgebaut hatten. Alexander klickte auf *Anzeigen*. Auf dem ersten Bild trug seine Mutter einen gestreiften Bikini, den er noch nie gesehen hatte. Sie stand bis zu den Hüften in der Brandung und streckte strahlend beide Arme in die Luft. Unter dem Bild stand: *Hier ist immer noch Badesaison*.

Auf dem zweiten Foto waren die antiken Ruinen eines Amphitheaters zu erkennen, auf dessen Stufen vereinzelte Menschen saßen. Manchem von ihnen baumelte ein Fotoapparat um den Hals, andere hielten ein Eis in der Hand. *Auf den Spuren der alten Griechen mit Enzo, Giovanni und Maria.*

Aufnahme Nummer drei zeigte Katja Ohlsen an einem reich gedeckten Esstisch inmitten ausgelassener Menschen, bei denen es sich vermutlich um die anderen Teilnehmer der Fortbildung handelte. Die festliche Tafel stand augenscheinlich im Freien, denn über ihr spannte sich ein seidiger blauer Himmel, im Hintergrund leuchtete das türkisfarbene Meer. Begleitet wurde das Bild von folgendem Text: *Die wissen wirklich zu leben, die Italiener. Schade, dass du nicht auch hier bist! Bussi, Katja.*

Ohlsen warf unwillkürlich einen mürrischen Blick durch die Fensterscheiben, vor denen dichter Nebel sämtliche Konturen verwischte. Abgesehen von

Himmel und Meer hatte er auf dem dritten Foto sogleich etwas wahrgenommen, das ihm aus unerfindlichen Gründen die Laune verhagelte: Es war dieses beseelte, fast euphorische Leuchten in Katjas Augen, das ihm allzu bekannt vorkam. Ohlsen weigerte sich, auch nur die Möglichkeit in Betracht zu ziehen, dieses Leuchten könnte etwas mit dem bärtigen Mann zu ihrer Rechten zu tun haben, der sich bedrohlich nahe zu ihr hinüberlehnte. Und wer waren eigentlich Enzo, Giovanni und Maria?

»Sieh mal einer an«, sagte er mit der harmlosesten Stimme, die ihm zur Verfügung stand. »Und ich dachte schon, die Ärmste käme aus dem Arbeiten gar nicht heraus.«

»Ach, wirklich?«, fragte Claudia.

»Die Fotos, die wir bekommen haben ... wie soll ich sagen ... die sprachen gewissermaßen eine andere Sprache, nicht wahr, Alex?«

»Wahrscheinlich wollte sie uns nicht neidisch machen«, mutmaßte Alexander.

»Was deiner rücksichtsvollen Mutter ganz ausgezeichnet gelungen ist. Das Zimmer in ihrer Pension ist nämlich ein trostloser weißer Raum mit braunen Vorhängen, fünfhundert Kakerlaken und einer durchgelegenen Matratze. Und das Fortbildungszentrum, in dem sie sich angeblich von früh bis spät aufhält, macht auch keinen sehr anheimelnden Eindruck.«

»Kann man wohl sagen«, ergänzte Alexander und hielt sein Smartphone in die Luft. Darauf war ein baufälliges dreigeschossiges Haus zu erkennen, das mit den ramponierten Nebengebäuden darum zu wetteifern schien, welches wohl als Erstes vor Altersschwäche zusammenbrechen würde.

»Mensch, da bin ich aber froh, dass ich euch diese Aufnahmen gezeigt habe«, sagte Claudia gedankenschnell. »Nicht, dass ihr euch unnötig Sorgen um sie macht.«

»Dazu besteht ja Gott sei Dank kein Anlass«, entgegnete Ohlsen mit gespielter Erleichterung.

* * *

Als sie wenig später aus der behaglichen Wärme der Pizzeria nach draußen traten, legte sich der Nebel wie ein kalter Mantel um ihre Schultern. Die Temperatur schien schlagartig um mehrere Grad gefallen zu sein. Fröstelnd stapften sie an der Kaimauer des ehemaligen Werftgeländes entlang, dessen Backsteinhallen Restaurants, Bars und Geschäfte beherbergten. Hier draußen schien die Welt wie in frostige Watte gepackt. Schemenhafte Gestalten zogen an ihnen vorüber, nur das Schreien der Möwen gellte geisterhaft durch die abendliche Stille.

Unversehens standen sie vor der Bronzestatue eines

Mönchs, der die Hände zum Gebet gefaltet hatte und auf den Fjord hinausblickte. Vor ihm befand sich ein silberner Blütenkelch, in dessen Mitte eine winzige Flamme loderte.

»Was soll denn das sein?«, fragte Lukas, der es bereits bedauerte, sich auf Kosten des Polizeipräsidiums nicht eine zweite Pizza bestellt zu haben.

»Das ist ein ewig brennendes Feuer, das an den Weltfrieden gemahnen soll«, erklärte seine Mutter.

»Diese winzige Funzel?«, wunderte sich Franziska.

»Ja, dieses alberne kleine Licht am Ende des Kais«, gab ihr Ohlsen recht. »Deshalb klappt's ja auch nicht mit dem Weltfrieden.«

Wie aufs Stichwort heulte in diesem Moment eine Sirene los. Es war ein schrilles, unheilvolles Geräusch, dessen Herkunft kaum zu lokalisieren war. Nicht schon wieder, dachte Ohlsen mit einem Anflug von Verzweiflung. Er wusste, was diese Sirene zu bedeuten hatte. Feueralarm.

Kapitel 9

»Und macht bitte ein fröhliches Gesicht, damit eure Eltern sehen, wie gern ihr auf diese Schule geht.«

Pflichtschuldiges, lahmes Gelächter. Einar Frydenlund, seines Zeichens Direktor der traditionsreichen Elisenbergschule, rang sich seit Jahren dieselben müden Witze ab. Vor allem, wenn es mal wieder darum ging, die jährlichen Klassenfotos zu schießen, was Hobbyfotograf Frydenlund aus Gründen der Kostenersparnis stets selbst übernahm. Da es draußen bereits empfindlich kalt war und ihm das trübe Novemberlicht für Außenaufnahmen wenig geeignet erschien, wurden die Klassen nacheinander in die Aula gerufen, wo der Direktor mit einem großen Fotoschirm, zahlreichen Scheinwerfern und mehreren Kameras hantierte. Assistiert wurde ihm dabei von Hausmeister Gulliksen, der bei Bedarf zusätzliche Bänke und Stühle herbeischleppte und für die richtige Beleuchtung sorgte.

Alexander, Lukas, Håkon und Elias nahmen mit größter Selbstverständlichkeit die Mitte der ersten Reihe in Anspruch. Obwohl noch längst nicht alle bereit waren, legten sie sich bereits die Arme um die Schultern und machten ein feierliches Gesicht – wie Fußballer beim Erklingen der Nationalhymne. Daniel, der Sportcrack der Klasse, stellte sich breitbeinig neben Elias und verschränkte seine muskulösen Arme. Erik, der große Schweiger, dessen Vater angeblich im Gefängnis gewesen war, nahm dieselbe Pose ein, was allerdings weniger überzeugend wirkte. Hinter ihnen auf der Bank war ein Gerangel um die besten Plätze entstanden. Schließlich wurden Solveig und Linnea von Mia resolut zur Seite geschoben, was zur Folge hatte, dass Franziska sich plötzlich direkt hinter Alexander wiederfand. Mia zwinkerte Franziska zufrieden zu und flüsterte ihr ins Ohr, sie solle Alexander die Hände auf die Schultern legen. Franziska zeigte ihr einen Vogel.

Ganz hinten, auf einzelnen Stühlen, hatten unter anderem die sommersprossige Nora sowie Tonje und Selma, Norway's Next Top Models, ihre Plätze eingenommen. Irgendjemand murmelte etwas von »no brain, no pain«. Tonje hatte sich ihre überdimensionale Sonnenbrille auf die Stirn geschoben und massierte ihre Schläfen, während Selmas Miene wie üblich eine ausgewogene Mischung aus Überdruss, Arroganz und Langeweile zur Schau stellte. Stian drehte sich zu ihr um und provozierte sie mit dem neuesten Blondinenwitz: »Eine Blondine und eine Dunkelhaarige sind zusammen im Schwimmbad, beide springen vom Dreimeterbrett, wer ist zuerst unten?«

Selma zuckte die Schultern.

»Die Dunkelhaarige«, sagte Stian grinsend. »Die Blondine muss erst nach dem Weg fragen.«

Selma runzelte die Stirn.

»Sind alle bereit?«, fragte Frydenlund und kontrollierte ein letztes Mal den Belichtungsmesser.

»Kleinen Moment«, kam es aus der letzten Reihe. Der schwergewichtige Truls hatte ein wenig Mühe, seinen Stuhl zu erklimmen. Zwei Klassenkameraden hievten ihn unter lautstarkem »Hauruck!« und »zugleich!« nach oben. Truls klopfte ihnen dankend auf die Schultern.

Das ist das Schöne an unserer Klasse, dachte Franziska. Obwohl wir uns auch streiten und gegenseitig durch den Kakao ziehen, halten doch alle zusammen, wenn es darauf ankommt. Als hätten wir eine unausgesprochene Verabredung getroffen, dass niemand im Stich gelassen wird. Deshalb gibt es in der Klasse auch keine richtigen Außenseiter.

Selbst der unergründliche Erik, der dicke Truls, die scharfzüngige Solveig und sogar Selma und Tonje, die beiden Tussen, wurden immer so akzeptiert, wie sie waren. Erst seit Magnus da war, änderte sich das allmählich. Er kannte nur Freunde oder Feinde. »Wer nicht für mich ist, ist gegen mich«, hatte er neulich gesagt.

Wenn das so ist, dann bin ich gegen dich, dachte Franziska.

Sie warf einen verstohlenen Blick in seine Richtung. Er stand in der äußersten rechten Ecke und zog sich in diesem Moment die Kapuze seines Hoodies so weit in die Stirn, dass seine Augen verdeckt waren.

»Also gut!«, rief der Direktor. »Drei, zwei, eins …«

In diesem Moment flitzte ein kleines kläffendes weißes Bündel durch das Bild. »Herr Gulliksen, wie oft habe ich Ihnen schon gesagt, dass Ihr Hund in der Schule nichts zu suchen hat!«

»Aber wenn Herr Friedmann doch den ganzen Tag allein zu Hause ist«, verteidigte sich Gulliksen.

»Dann heuern Sie eben jemand an, der zwischendurch mit ihm spazieren geht. Das ist hier schließlich eine Schule und keine Hundepension.«

Gulliksen nahm die Verfolgung des Vierbeiners auf, der sich jedoch nicht ohne Weiteres einfangen ließ. Mehrere Schüler beteiligten sich an der Jagd, die kreuz und quer durch die Aula führte. Schließlich gelang es dem rothaarigen Svein, den kleinen West Highland Terrier in eine Ecke zu drängen und ihm gut zuzureden, ehe er ihn behutsam auf den Arm nahm.

Jeder in diesem Saal wusste, dass Herr Friedmann die Gutmütigkeit in Person war und keiner Fliege etwas zuleide tat. Er kläffte Svein nur einen kurzen Protest entgegen, ehe er es sich in seinen Armen bequem machte und sich willig davontragen ließ.

»Ich nehme ihn mit aufs Foto«, erklärte Svein dem Direktor. »Dann haben wir wenigstens Ruhe.«

»Ja, das wäre … vielleicht das Beste«, entgegnete der entnervte Frydenlund. Er wartete ab, bis alle erneut ihre Plätze eingenommen hatten, und drückte ohne große Umschweife auf den Auslöser. Dass Magnus seine Augen hinter einer schwarzen Kapuze verbarg, wurde durch Herrn Friedmanns aufgeweckten Gesichtsausdruck mehr als wettgemacht.

Kapitel 10

Er schrak aus dem Schlaf. Blickte sich desorientiert um, weil er nicht wusste, was ihn geweckt hatte. Tastete nach dem Radiowecker. 3 Uhr 10. Gulliksen wollte sich gerade zur Seite drehen und versuchen, seinen verlorenen Traum wiederzufinden, als ihm ein seltsames Schattenspiel auffiel. Für einen Moment betrachtete er fasziniert das tanzende Muster auf der Gardine, ehe er sich abrupt aufsetzte. Nur langsam kam sein Gehirn auf Touren. Er schlug die Decke zurück und schwang mühsam die Beine aus dem Bett. Stakste ans Fenster, um einen schläfrigen Blick hinauszuwerfen. Über der Thujenhecke, die sein Grundstück von der Sportanlage der Schule trennte, war ein flackernder Lichtschein zu erkennen. Stirnrunzelnd schob er die Gardine zur Seite und öffnete das Fenster einen Spaltbreit. Die kalte Nachtluft, die ihm entgegenströmte, führte einen leichten Brandgeruch mit sich. Erst dieser Geruch war es, der bei Gulliksen sämtliche Alarmglocken schrillen ließ.

Hektisch versuchte er, seine Jogginghose über den Pyjama zu ziehen, verhedderte sich mit einem Bein und krachte der Länge nach auf den Holzboden. Fluchend, weil er sich im Fallen den Kopf an der Bettkante gestoßen hatte, rappelte er sich auf.

Herr Friedmann, durch den Lärm ebenfalls wach geworden, wuselte schwanzwedelnd um ihn herum. Ein spontaner Spaziergang zu nächtlicher Stunde wäre genau nach seinem Geschmack gewesen. Sein Herrchen zerrte sich derweil ein Sweatshirt über den Kopf, sprang in seine Gummistiefel, die wie immer neben dem Eingang standen, und schlug dem verdutzten Terrier die Tür vor der Nase zu.

Es dauerte nur Sekunden, bis sich Gulliksens Verdacht bestätigte. Er stieß das quietschende kleine Gartentor auf, hastete mit wehenden Haaren den Kiesweg entlang und befand sich im nächsten Moment auf dem struppigen Grün des Sportplatzes. Was er sah, ließ ihn erschrocken nach Luft schnappen. Der Geräteschuppen stand lichterloh in Flammen. Gulliksen rannte auf ihn zu, bis er den heißen Atem des Feuers spürte. Dann blieb er unschlüssig stehen und rang hilflos die Hände. Der Schein des prasselnden Feuers beleuchtete sein Gesicht, auf dem sich der Kälte zum Trotz ein feiner Schweißfilm gebildet hatte. Entgeistert starrte er auf die fauchende gelbe Wand, deren Flammen meterhoch in den schwarzen Himmel schlugen. Funken schwirrten wie hitzige Glühwürmchen durch die Luft. Der Hausmeister konnte nicht anders, als sich für einen Moment dem atemberaubenden Schauspiel hinzugeben, das sich ihm bot. Vielleicht blieb er auch deshalb untätig stehen, weil ihm instinktiv klar war, dass ein einzelner Mensch gegen eine solche Naturgewalt keine Chance hatte. Dass jeder Löschversuch seinerseits vergeblich sein würde. Der Schuppen samt Inhalt war verloren, das stand außer Frage. Wie er mitten in der Nacht hatte in Brand geraten können, war ihm ein absolutes Rätsel, doch bestand glücklicherweise keine Gefahr, dass die Flammen auf andere Gebäude übergriffen. Der Schuppen, der bald nur noch ein verkohlter Torso sein würde, stand einsam und verlassen auf dem weitläufigen Gelände.

Gott sei Dank nur ein Sachschaden, beruhigte sich Gulliksen, während er zu seiner Wohnung zurückeilte. Dann atmete er einmal tief durch und wählte die 110.

★ ★ ★

Als die Feuerwehr kurz darauf am Einsatzort ankam, gab es nicht mehr viel zu löschen. Gulliksen hatte die Flügel des hohen Eisentors weit aufgestoßen, damit der Löschwagen hindurchfahren und bis zum Schuppen vordringen konnte. Das Feuer hatte seinen Höhepunkt bereits überschritten, und so war es für die Einsatzkräfte ein Leichtes, den Brand einzudämmen und die schwächer werdenden Flammen schließlich zu ersticken.

Gulliksen beobachtete die Arbeit der Einsatzkräfte aus sicherer Distanz. Allmählich ließ der Schock nach und die Anspannung löste sich. So bleibt mir jedenfalls die weitere Renovierung des Schuppens erspart, dachte er und schämte sich umgehend für diesen Gedanken. Er trug jetzt Jeans, gefütterte Stiefel und eine abgewetzte schwarze Lederjacke. Mit den Fingern betastete er die schmerzende Schwellung unterhalb des rechten Auges, die er sich durch den Sturz im Schlafzimmer zugezogen hatte. Ein paar Zentimeter weiter oben, und sein Auge hätte ernstlich in Mitleidenschaft gezogen werden können. Ein klassisches Beispiel für Glück im Unglück, was im Grunde genommen für den gesamten Vorfall galt. Mit einem Gefühl der Erleichterung schob er sich einen Kaugummi in den Mund.

Plötzlich hörte er einen erregten Ruf, der auch ein Schrei sein konnte. In die Rettungskräfte, die ihre Arbeit weitgehend eingestellt hatten, kam erneut Bewegung. Ein Feuerwehrmann, der unmittelbar vor der rauchenden Ruine stand, winkte mit hektischen Bewegungen ein paar Kollegen zu sich.

Neugierig trat Gulliksen näher an den Unglücksort heran, bis ihm ein Feuerwehrmann mit einer klaren Geste Einhalt gebot. Die Männer schienen aufgeregt miteinander zu diskutieren. Gulliksen drehte den Kopf zur Seite und konzentrierte sich ganz darauf, etwas von dem aufzuschnappen, was sie sagten. Als er die Wörter »Leiche« und »Polizei« hörte, fing sein Herz an zu rasen.

Kapitel 11

Das Sportgelände war weiträumig abgesperrt worden. Hauptkommissar Ohlsen bückte sich unter dem Absperrband hindurch und ließ sich von seinem Assistenten, der wie üblich vor ihm am Tatort war, einen dampfenden Becher Kaffee in die Hand drücken. Auf Gustavsen war eben Verlass. Auch die Kriminaltechniker in ihren weißen Overalls waren bereits anwesend. Im Licht der Scheinwerfer inspizierten sie den Tatort und untersuchten jeden einzelnen Grashalm der Umgebung. Die Inaugenscheinnahme der Brandruine musste warten, bis diese weiter abgekühlt war. Die Leiche beziehungsweise das, was von ihr noch übrig war, hatte man schon zur Obduktion abtransportiert.

Ohlsen blies auf seinen Kaffee, der immer noch kochend heiß war.

Gustavsen hielt ihm einen weißen Plastikbeutel entgegen, in dem sich ein kleiner Gegenstand befand.

»Streichhölzer?«, fragte Ohlsen, dem der warme Atem aus dem Mund dampfte.

»Fünf Stück, die mit einem einfachen Bindfaden zusammengebunden wurden«, erklärte Gustavsen. »Zwei von ihnen sind abgebrochen, die Zündköpfe ein wenig abgenutzt.«

»Wo waren die?«

»Lagen da vorne im Gras.« Gustavsen zeigte auf eine Stelle, die nur wenige Meter vom abgebrannten Schuppen entfernt war.

»Der Tote?«

»Identität unklar. Wer hält sich auch schon mitten in der Nacht in einem alten Schuppen auf einem Sportplatz auf?«

»Vielleicht ein Obdachloser, der Schutz vor der Kälte suchte«, entgegnete Ohlsen fröstelnd und drückte sich tiefer in seinen Mantel hinein. »Oder jemand, der zuvor dort eingesperrt wurde.«

Gustavsen warf ihm einen zweifelnden Blick zu. »Glaubst du wirklich, dass wir es mit einem Mord zu tun haben?«

Ohlsen zuckte die Schultern. »Kann sein, kann aber auch nicht sein. Wer hat den Brand gemeldet?«

»Der Hausmeister, Gulliksen heißt er.«

»Ach ja, Gulliksen ...« Der Name kam Ohlsen bekannt vor. Sicher hatte Alexander ihn schon das eine oder andere Mal erwähnt.

»Du kennst ihn?«, fragte Gustavsen überrascht.

»Nicht direkt. Aber mein Sohn geht hier zur Schule … Franziska übrigens auch«, fügte er nach einer kurzen Pause hinzu.

Gustavsen nickte. Er konnte sich gut an das hübsche dunkelhaarige Mädchen erinnern, das im letzten Jahr mit seiner Familie aus München hierher gezogen war. Er selbst war damals am Telefon gewesen, als die verzweifelte Claudia Fischer das Verschwinden ihrer Tochter gemeldet hatte. Außerdem war er Franziska und Alexander einmal an der Eislaufbahn am Studenterlunden begegnet.

Jetzt trank der Hauptkommissar den ersten Schluck von seinem Kaffee. Sofort hatte er das Gefühl, als stellten sich ihm sämtliche Haare auf. »Mein Gott, der weckt ja Tote auf!«, rief er aus, ohne daran zu denken, wie unpassend seine Bemerkung in diesem Moment war.

»Schön wär's«, brummte Gustavsen und rieb seine kalten Hände aneinander.

»Wo steckt eigentlich dieser Gulliksen?«

»Den hab ich in seine Wohnung zurückgeschickt. Ich hab ihm gesagt, dass er dort warten soll, bis wir ihn sprechen wollen.«

»Dann mal los«, sagte Ohlsen.

Gemeinsam stiefelten sie quer über den Sportplatz. Gustavsen kannte den Weg, weil er Gulliksen vorhin bis zur Haustür begleitet hatte. Sie gingen einen schmalen Kiesweg entlang, der zu einem quietschenden, mit Rostflecken übersäten Gartentor führte. Auf dem Klingelschild stand kein Name. Ohlsen drückte. Stille. Ohlsen drückte noch mal. Keine Reaktion.

Gustavsen betätigte den Türklopfer in Gestalt eines Schiffsankers. »Herr Gulliksen?«, rief er. »Machen Sie bitte auf!«

Es dauerte keine Sekunde, bis die Tür aufgezogen wurde – fast als hätte der Hausmeister direkt dahinter gewartet.

»Ohlsen, Kriminalpolizei«, stellte sich der Hauptkommissar vor und hielt ihm seinen Dienstausweis vor die Nase. »Meinen Kollegen kennen Sie ja bereits. Ist was mit Ihrer Klingel nicht in Ordnung?«

»Die ist gestern kaputtgegangen«, antwortete Gulliksen mit verlegenem Lachen und fuhr sich durch seine ungekämmten Haare. Im Hintergrund war ein helles Kläffen zu hören.

»Dürfen wir kurz reinkommen?«, fragte Ohlsen, da Gulliksen keine Anstalten machte, sie in seine Wohnung zu lassen.

»Aber natürlich.« Der Hausmeister sprang hektisch zur Seite und machte eine linkische Geste, die vermutlich etwas Einladendes zum Ausdruck bringen sollte.

Die beiden Polizisten traten ein und fanden sich

in einem spärlich beleuchteten Flur mit abgenutzten Holzdielen wieder.

Gulliksen führte sie zu einem Wohnraum, dessen Zustand mit dem Wort Chaos nur unzureichend beschrieben wäre. Dann drückte er die Zimmertür von außen ins Schloss und legte nachdenklich den Zeigefinger an die Lippen. »Vielleicht doch lieber in die Küche«, murmelte er. Mit eiligen Schritten ging er bis zum Ende des Flurs voran und drückte eine weitere Tür auf, worauf ihnen sofort ein wuscheliger weißer Hund mit schwarzen Knopfaugen entgegensprang, der ungefähr so groß wie ein Basketball war.

»Das ist Herr Friedmann«, erklärte der Hausmeister.

»Angenehm«, sagte Gustavsen in Richtung des Hundes, der sich freudig auf die Hinterbeine stellte.

»Wollen Sie sich nicht setzen?«, fragte Gulliksen eilfertig, räumte rasch einen mit Ketchup verschmierten Teller ab und stellte ihn klirrend auf den Stapel mit schmutzigem Geschirr, der aus der Spüle herausragte. Einen Aschenbecher, der randvoll mit Zigaretten war, platzierte er auf dem schmalen Fensterbrett.

»Danke, das ist nicht nötig«, entgegnete Ohlsen. »Erzählen Sie uns einfach, wie Sie auf das Feuer aufmerksam geworden sind.«

Gulliksen räusperte sich, ehe er ausführlich davon berichtete, wie er trotz seines an und für sich festen

Schlafs durch einen seltsamen Lichtschein geweckt worden war. Wie er sofort begriffen habe, dass etwas faul sei, und das Haus verlassen habe, um sich ein näheres Bild von der Lage zu machen. Wie er »mit Entsetzen« – eine Formulierung, die er durch dramatisches Augenrollen unterstrich – zum Zeugen eines wahren »Feuerinfernos« geworden sei, das bereits so hemmungslos gewütet habe, dass jedes Eingreifen seinerseits zwecklos gewesen wäre. Dass er daraufhin umgehend die Feuerwehr verständigt und Vorkehrungen für deren Eintreffen getroffen habe, ehe er, da er die Löscharbeiten nicht habe behindern wollen, wieder in seine Privatwohnung zurückgekehrt sei, um sich für etwaige Auskünfte zur Verfügung zu halten.

Gustavsen machte sich eifrig Notizen. Als der Hausmeister seinen langen Bericht beendet hatte, lobte er: »Sie haben sich genau richtig verhalten«, als wäre Gulliksen ein kleines Kind, das sich eine Belohnung verdient habe.

Gulliksen lächelte einfältig.

»Was haben Sie eigentlich mit Ihrem Auge gemacht?«, fragte Ohlsen plötzlich.

»Mit meinem Auge?«

»Ja, der blaue Fleck unterhalb des rechten Auges sieht mir nach einer frischen Verletzung aus.«

»Ach, der blaue Fleck! Den habe ich mir vorhin geholt, als ich mich an der Bettkante gestoßen habe.«

Ohlsen runzelte die Stirn. »Diese Bettkante würden wir uns gern mal ansehen.«

Gulliksen starrte ihn verdutzt an, als hätte er sich verhört. Dann kratzte er sich am Kopf und murmelte kleinlaut: »Wenn es unbedingt sein muss.«

Der Hauptkommissar gab ihm mit einem Kopfnicken zu verstehen, dass genau das der Fall war.

Als der Hausmeister kurz darauf die Schlafzimmertür öffnete, schlug ihnen sofort ein betäubender Gestank entgegen, als wäre in diesem Zimmer seit Jahren nicht mehr gelüftet worden. Gulliksen legte einen kleinen Spurt zum Fenster hin und riss es sperrangelweit auf. Die Bettdecke lag zerknautscht auf der Matratze, während sich in der Ecke ein meterhoher Wäschehaufen türmte. Eine auf dem Boden liegende Zeitschrift beförderte Gulliksen mit einem Fußtritt unter das Bett. Das gesamte Zimmer bot eine betrübliche Mischung aus Schmuddeligkeit und Unordnung. Ohlsen fragte sich insgeheim, wie jemand, der einem Job als Hausmeister nachging, nur so schlampig sein konnte.

Ohne eine weitere Aufforderung trat Gulliksen an die hintere linke Ecke des hölzernen Bettrahmens und zeigte auf die Stelle, an der er sich gestoßen hatte. »Ungefähr hier bin ich mit dem Kopf aufgeschlagen.«

»Wie ist das passiert?«, erkundigte sich Ohlsen.

»Tja, ich wollte mir rasch meine Hose anziehen, bin ins Stolpern geraten und dann …«

Ohlsen besah sich die Stelle mit ausdrucksloser Miene. Schließlich drehte er sich um und verließ das Zimmer. Die beiden anderen Männer folgten ihm auf den Flur.

»Wozu diente der abgebrannte Schuppen?«, fragte der Hauptkommissar.

»Dort hatte ich ein paar Gartengeräte gelagert: Harken, Schaufeln, Säcke mit Erde und solche Sachen. Außerdem waren dort Gegenstände für den Sportunterricht untergebracht.«

»Ist der Schuppen nachts abgeschlossen?«

Gulliksen fuhr sich mit der Hand übers Kinn. »In der Regel schon, also es kommt schon mal vor, dass ich es vergesse, aber eigentlich …«

»War der Schuppen in der letzten Nacht abgeschlossen?«

»Tja …« Der Hausmeister stemmte die Hände in die Hüften und schien angestrengt nachzudenken. »Am Freitagnachmittag um vier ist immer Sportunterricht, und wenn ich danach nichts mehr aus dem Schuppen brauche, schließe ich ihn gleich …« Er nickte. »Ja, der war bestimmt zu.«

»Können Sie uns dann erklären?«, fragte Ohlsen weiter, »wie die Person in den Schuppen gelangen konnte, die dem Brand zum Opfer gefallen ist?«

Gulliksen schlug den Blick nieder und schüttelte betrübt den Kopf. »Ich habe gehört, dass man eine Leiche gefunden hat. Eine furchtbare Geschichte.«

Ohlsen warf ihm einen forschenden Blick zu. »Wie können Sie davon gehört haben, wenn Sie die ganze Zeit über in Ihrer Wohnung waren?« Die Stimme des Hauptkommissars hatte eine bedrohliche Schärfe angenommen.

Gulliksen wurde es heiß und kalt. Er hatte das Gefühl, sich um Kopf und Kragen zu reden, dabei hatte er doch nicht das Geringste getan. Er breitete verzweifelt die Hände aus. »Nun, ich war am Anfang der Löscharbeiten … also nur ganz kurz … noch draußen auf der Sportanlage, und obwohl ich so weit weg stand …«, er schien nach den richtigen Worten zu suchen, »… hab ich was von dem mitgekriegt, was die Feuerwehrleute sich erzählt haben. Die Windrichtung muss wohl günstig gewesen sein.«

»Ja, das muss sie wohl«, entgegnete Gustavsen trocken.

»In Ordnung, Herr Gulliksen«, sagte Ohlsen, dessen Ton sich wieder entspannt hatte. »Wir werden Ihre Aussage später noch zu Protokoll nehmen.«

Der Hausmeister nickte pflichtschuldig.

»Auf Wiedersehen.« Gustaven streckte ihm lächelnd die Hand entgegen. »Und nichts für ungut.«

Kapitel 12

»Eine Leiche?«

»Im Schuppen?«

»Auf unserem Sportplatz?«

In Lukas' Zimmer überschlugen sich die Stimmen.

Alexander bewegte nervös die Hände auf und ab, als müsse er eine außer Rand und Band geratene Schulklasse zur Ordnung rufen. »Das habe ich meinem Vater vorhin aus der Nase gezogen, also behaltet es bloß für euch, sonst ...« Er hielt inne, weil er offenbar überlegen musste, was sonst geschehen würde.

»... kriegst du tierischen Ärger«, ergänzte Elias.

»Erraten.« Alexander trat ans Fenster und blickte hinaus in den trüben Morgen. Es war einer dieser grauen Novembertage, an denen es gar nicht richtig hell werden wollte, obwohl es schon elf Uhr vormittags war.

»Um die olle Bruchbude ist es jedenfalls nicht schade«, sagte Lukas, der auf der Bettkante saß.

»Das ist doch jetzt völlig gleichgültig«, wies ihn Franziska zurecht. »Da drin ist ein Mensch verbrannt, oh mein Gott …« Sie war den Tränen nahe.

»Ich bin vorhin mit dem Fahrrad vorbeigefahren«, berichtete Elias. »Aber man kommt gar nicht mehr auf den Sportplatz drauf, weil vor dem Eingang so ein rot-weißes Band gespannt ist. Außerdem stand da ein Polizist, der mich sofort weggeschickt hat.«

»Und, hast du irgendwas gesehen?«, wollte Håkon wissen.

»Ja, der Schuppen war weg.«

»Den muss doch irgendjemand angezündet haben«, sagte Lukas. »Ich meine, der fängt doch nicht mitten in der Nacht von allein an zu brennen.«

»Ganz bestimmt nicht«, bestätigte Alexander. »Mein Vater meinte, dass alles nach Brandstiftung aussieht.«

Für eine Weile schien jeder seinen eigenen Gedanken nachzuhängen.

»Denkt ihr dasselbe, was ich denke?«, fragte Håkon schließlich in die Stille hinein.

»Woher sollen wir wissen, was du denkst?«, entgegnete Alexander.

»Ich denke, ich weiß, was du denkst.« Elias legte einen Finger an die Nase.

»Das denkst aber auch nur du.« Auch Lukas hatte anscheinend Spaß an dem Wortspiel gefunden.

»Könnt ihr vielleicht mal aufhören mit euren Gedankenspielen und sagen, was Sache ist?«, bat Franziska.

»Magnus«, sagte Håkon mit leiser, klarer Stimme. Der Name schien für ein paar Sekunden durch den Raum zu schweben.

»Magnus …«, wiederholte Elias bedächtig, als ließe er sich den Namen auf der Zunge zergehen.

»Also, Moment mal!« Alexander schien die Sache nicht geheuer zu sein. »Ich geb ja zu, dass Magnus ein komischer Typ ist, aber dass er auf so eine wahnsinnige Idee kommt, kann ich mir echt nicht vorstellen.«

»Aber dass Magnus ständig rumzündelt, ist dir ja wohl auch schon aufgefallen«, begründete Håkon seinen Verdacht. »Neulich in der Mensa hat er aus seinem Matheheft eine Seite nach der anderen rausgerissen und einzeln über der Tischplatte verbrannt. Und wie der dabei die ganze Zeit vor sich hin gestarrt hat, wie in Trance. Ich dachte echt, jetzt wäre er endgültig durchgeknallt.«

»Und diese Schlägerei neulich«, ergänzte Lukas. »Die hat ja anscheinend ganz harmlos angefangen, aber irgendwie hat sich Magnus da total reingesteigert und immer weitergeschlagen, selbst als sich der andere gar nicht mehr gewehrt hat.«

»Was hat denn das mit dem Brand zu tun?«, fragte Franziska.

»Dass der Typ seine Aggressionen nicht unter Kontrolle hat«, gab Lukas zurück. »Dem trau ich so einiges zu.«

»Ja, ja, stimmt schon«, musste Alexander ihm recht geben. »Trotzdem sollten wir verdammt vorsichtig mit irgendwelchen Verdächtigungen sein. Wer auch immer das war, hat jetzt ein Menschenleben auf dem Gewissen.«

Abermals machte sich Stille breit. Alexander dachte angestrengt darüber nach, wie er möglichst beiläufig erwähnen konnte, dass er neulich ein zweites Mal bei Magnus zu Besuch gewesen war. Warum er es bisher niemandem erzählt hatte, wusste er selbst nicht genau. Vielleicht, weil er bei dieser Gelegenheit eine neue Seite an Magnus kennengelernt hatte, die so gar nicht zu dem Bild passte, das sich die anderen von ihm machten. Eine nachdenkliche, sensible Seite.

Ich hab das noch nie jemand erzählt, aber ich hätte wahnsinnig gern eine kleine Schwester.

Alexander wurde das Gefühl nicht los, den anderen in den Rücken zu fallen, wenn er jetzt für Magnus Partei ergriff. Andererseits war da die Kiste voller Feuerwerkskörper, die Magnus in seinem Kleiderschrank deponiert hatte. Ganz zu schweigen von dem Getränkeautomaten, den er in die Luft gesprengt hatte. Davon durfte er den anderen auf keinen Fall erzählen, sonst würden sie ihn noch drängen, sofort alles seinem Vater zu berichten.

Aber war er dazu nicht ohnehin verpflichtet? Angenommen, Magnus wäre wirklich total meschugge und hätte den Geräteschuppen in Brand gesteckt, überlegte Alexander. Und gesetzt den Fall, es würde ein weiteres Unglück geschehen, das auf Magnus' Kappe ging. Würde er dann nicht eine Mitschuld tragen, weil er frühzeitig gewusst hatte, dass einer seiner Mitschüler kiloweise Sprengstoff in seinem Schrank hortete?

Jetzt oder nie, dachte Alexander und tastete sich vorsichtig an das Thema heran. »Das wollte ich euch übrigens noch erzählen«, begann er mit unschuldiger Miene, »aber irgendwie bin ich nicht dazu gekommen.«

Acht neugierige Augen richteten sich auf ihn.

»Neulich nach der Schule hat mich Magnus gefragt, ob ich ihn später noch besuchen wollte.«

»Will der sich jetzt bei dir lieb Kind machen?« Håkon schüttelte verärgert seine lange Mähne. Offenbar gefiel ihm diese Mitteilung überhaupt nicht.

»Aber du bist natürlich nicht hingegangen«, sagte Elias im Ton einer Feststellung.

»Also eigentlich wollte ich natürlich ablehnen, aber dann hab ich gedacht …« Alexander zögerte.

»Was?« Lukas.

»Das kann doch nicht dein Ernst sein.« Elias.

»Lasst ihn doch mal ausreden.« Franziska.

»Dann hab ich gedacht, was soll's. Mal sehen, was der von mir will.«

»Der wollte dir bestimmt nachträglich die Fresse polieren«, tippte Håkon.

»Nein, nein, der wollte einfach reden«, erwiderte Alexander.

»Und du sagst uns kein einziges Wort?« Håkon schien jetzt wirklich empört zu sein. »Seit wann haben wir eigentlich Geheimnisse voreinander? Vielleicht erzählst du uns als Nächstes, dass du demnächst mit Magnus zusammen in Urlaub fährst.«

»Das ist doch Blödsinn«, wehrte sich Alexander. »Hätte ich denn sagen sollen, dass ich nur komme, wenn ich meine Freunde mitbringen darf? Wie peinlich ist das denn?«

»Du hättest uns zumindest davon erzählen können.« Håkon zog einen Flunsch. »Und Elin hast du wahrscheinlich auch gesehen.«

»Die war natürlich am Boden zerstört, dass ich meinen attraktiven langhaarigen Freund nicht dabeihatte«, entgegnete Alexander, ohne die Miene zu verziehen.

»Und über was habt ihr jetzt geredet?«, fragte Lukas.

»Er wollte wissen, als was ich das nächste Mal auf

die Welt kommen würde, wenn ich mir alles aussuchen könnte, das Land, mein Elternhaus und so weiter.«

»Das hat der gefragt? Klarer Fall von Dachschaden.« Elias tippte sich demonstrativ an die Stirn, als hätte er selten größeren Nonsens gehört. »Ich hab neulich mal was im Fernsehen gesehen. Da war so 'n Typ in der Klapsmühle, der hat sich für ein Känguru gehalten und ist die ganze Zeit durch die Gegend gehopst.«

»Was hat denn das damit zu tun?«, fragte Alexander entnervt.

»Mein ja nur.«

Franziska sah ihre schlimmsten Befürchtungen bestätigt. Erst machte Magnus ihre Klassengemeinschaft kaputt und jetzt trieb er auch noch einen Keil in ihre Clique hinein. Und obwohl sie eigentlich niemandem auf der Welt etwas Böses wünschte, hoffte sie insgeheim, dass Magnus sich möglichst bald als Täter herausstellen und wieder von der Bildfläche verschwinden würde. Auf Nimmerwiedersehen.

Kapitel 13

»Ich weiß nicht, wie's dir geht, aber auf mich hat dieser Gulliksen einen verdammt nervösen Eindruck gemacht.« Ohlsen stand von seinem Schreibtischstuhl auf und begann, in seinem Büro auf und ab zu gehen.

»Wäre doch nicht der erste Zeuge, der nervös wird, wenn er von uns vernommen wird«, wandte Gustavsen ein und zupfte sich einen unsichtbaren Fussel von seinem karierten Pullunder.

»Das nicht, aber warum hat er sich dann in so viele Widersprüche verwickelt? Wenn der Schuppen wirklich abgeschlossen war, wie er sagte, wie ist dann das Opfer dort hineingelangt? Fest steht, dass eine bisher nicht identifizierte Person in dem Geräteschuppen starb, für den ausschließlich Gulliksen einen Schlüssel besitzt. Und was für ein Zufall, dass er sich just in jener Nacht, in der das passiert, einen Bluterguss unter dem Auge zuzieht.«

Gustavsen füllte ein Glas mit Leitungswasser. Dann

zog er ein kleines weißes Tütchen aus der Hosentasche, riss es auf und streute ein feines Pulver in das Glas, das wie geriebener Parmesan aussah.

»Sag mal, hörst du mir überhaupt zu?«

»Ja, ja, red nur weiter«, antwortete Gustavsen und rührte um.

»Stellen wir uns mal folgendes Szenario vor«, fuhr Ohlsen fort. »Der Hausmeister ist in irgendwelche kriminellen Machenschaften verstrickt. Jemand kriegt das spitz und erpresst ihn. Gulliksen hat also allen Grund, sich den Kerl vom Hals zu schaffen. Unter einem Vorwand lockt er ihn mitten in der Nacht zum Geräteschuppen. Sagt ihm vielleicht, dass dort das Geld bereitliegt, das er ihm zahlen will. Gulliksen versucht, ihn zu überwältigen. Es kommt zu einem Kampf, in dessen Verlauf er sich die Verletzung unter dem Auge zuzieht. Schließlich gelingt es ihm, seinen Widersacher in den Schuppen zu sperren und das Ding abzufackeln, ehe sich der andere daraus befreien kann. Schließlich hatte der Schuppen keine Fenster. Die Feuerwehr alarmiert er natürlich erst, als keine Rettung mehr möglich ist und alle Spuren verwischt sind – bis auf seinen Bluterguss.«

»Kann sein, kann aber auch nicht sein, wenn ich dich zitieren darf.« Gustavsen trank einen großen Schluck und verzog das Gesicht. »Pfui Teufel, das Zeug schmeckt wie Katzenpisse!«

»Wie lange willst du diese Diät eigentlich noch machen?«

»Rita würde sich bestimmt freuen, wenn ich bis Weihnachten durchhalte«, antwortete Gustavsen.

»Bis Weihnachten? Du bist doch jetzt schon ein dünner Hering! Willst du auf deine alten Tage etwa Skispringer werden?«

»Ich hatte eigentlich eher an Unterwäsche-Model gedacht«, entgegnete Gustavsen lapidar und leerte das Glas in einem Zug. »Und du glaubst, dass der Hausmeister zur Vorbereitung des Mordes auch die Streichhölzer zusammengebunden hat, die wir gefunden haben?«

»Wer auch immer das war, er hat jedenfalls alles gründlich geplant. Wer ist eigentlich Rita?«

Ohlsen und Gustavsen hatten im Laufe ihrer Zusammenarbeit eine besondere Form des Dialogs entwickelt, in der Berufliches und Privates aufs Engste miteinander verflochten waren.

»Rita ist meine Freundin«, antwortete Gustavsen mit hörbarem Stolz.

»Deine Freundin? Aber das ist ja großartig!« Ohlsen sah seinen Assistenten mit dem Stolz eines Vaters an, dessen Sohn sich gerade zum ersten Mal rasiert hat. »Wo habt ihr euch denn kennengelernt?«

»Rita wohnt schon seit einiger Zeit in meiner Wohnanlage«, erklärte Gustavsen bereitwillig, »und als wir uns neulich beim Leeren der Mülltonnen begegnet sind, kamen wir uns ein bisschen näher.« Er blickte verklärt in die Ferne. »Tja, und was dann passiert ist, das kannst du dir ja denken.«

Ohlsen konnte sich gar nichts denken, freute sich aber aufrichtig für seinen Kollegen, der eigentlich ein eingefleischter Junggeselle war und nicht gerade zu der Sorte von Männern gehörte, bei denen Frauen weiche Knie bekamen. Doch wer einen durch und durch zuverlässigen Partner suchte, der gespitzte Bleistifte und fusselfreie Pullunder zu seinen Hobbys zählte, dachte Ohlsen, der war bei Kommissar Gustavsen an der richtigen Adresse. Von seiner Mülltonnengeschichte glaubte er ihm natürlich kein Wort. Die gehörte zu Gustavsens üblicher Taktik, etwas zu verschleiern, was er lieber für sich behielt.

»Die Techniker sind übrigens sicher, dass ein Brandbeschleuniger eingesetzt wurde«, fuhr Ohlsen fort, um zu ihrem eigentlichen Thema zurückzukehren. »Ein flüssiger Grillanzünder oder so was.«

»Wie wär's mit Schnaps?«, fragte Gustavsen.

»Für eure Hochzeit?«

Gustavsen winkte ab. »Ich frage mich gerade, ob auch hochprozentiger Schnaps als Brandbeschleuniger infrage kommt. »Nehmen wir einmal an, ein Obdachloser hätte in dem Schuppen Schutz vor der

Kälte gesucht. Gulliksen war sich ja nicht sicher, ob er ihn wirklich abgeschlossen hat. Der Obdachlose zieht sich also mit einer Flasche Schnaps in den Schuppen zurück, raucht noch eine Zigarette, schläft vielleicht dabei ein und verursacht den Brand selbst, dem er zum Opfer fällt.«

»Du vergisst die Streichhölzer, die im Gras …«, begann Ohlsen, als das Telefon auf seinem Schreibtisch klingelte. Er angelte sich den Hörer und drückte auf den grünen Knopf.

»Ja, bitte?«

Der Anrufer schien etwas zu berichten. Gustavsen hörte die leise Stimme aus dem Hörer, konnte aber nichts verstehen.

»Tatsächlich?«, sagte Ohlsen nur, dann lauschte er wieder. Einmal pfiff er leise durch die Zähne. »Sieh mal einer an«, entgegnete er schließlich. »Natürlich ist das von Interesse. Ja, lass es untersuchen und schick es dann rüber.«

Ohlsen legte auf und warf seinem frisch verliebten Kollegen einen Blick zu, den dieser gut kannte. *Interessante Neuigkeiten*, hieß dieser Blick.

»Nun sag schon«, forderte Gustavsen ihn auf.

»Die Leute von der Spurensicherung haben mal wieder ganze Arbeit geleistet. Als sie ihre Sachen zusammengepackt hatten und den Tatort bereits verlassen wollten, hat einer von ihnen noch eine interessante

Entdeckung gemacht. Direkt am Maschendrahtzaun, im Schatten der Tannen, lag ein dünnes braunes Lederarmband.«

Kapitel 14

»Und das soll Spaß machen?«

Mia warf Franziska einen angestrengten Blick zu, die neben ihr an der Wand der Turnhalle saß. Wobei von Sitzen eigentlich nicht die Rede sein konnte. Bei der »Wandsitzen« genannten Übung gab es nämlich weder eine Bank noch Stühle. Die Beine waren im rechten Winkel abgeknickt, als säße man auf einem Stuhl, während man den Rücken an die Wand drückte. Mia hatte das Gefühl, ihre Oberschenkel würden jeden Moment platzen. So wie ein Würstchen im Kochtopf platzt, wenn es zu viel Hitze bekommt.

»Noch dreißig Sekunden!«, rief Bjørn, ihr Trainer, und klatschte aufmunternd in die Hände.

»Das ist nicht sein Ernst«, presste Mia zwischen zusammengebissenen Zähnen hervor.

»Das ist erst der Anfang«, ächzte Franziska und schloss die Augen, was es ihr leichter machte, das Brennen in ihren Oberschenkeln zu ertragen. Sie hatte Mia zu einem Probetraining mit ihrer Basketballmannschaft überredet. Auf der Aufbauposition und auf den Flügeln brauchten sie dringend Verstärkung, zumal bald die entscheidenden Saisonspiele anstanden. Und nachdem Franziska im Sportunterricht erlebt hatte, wie sich die süße, blond gelockte Mia beim Ballspielen in eine gnadenlose Kämpferin verwandelte, stand ihr Entschluss fest. Sie musste Mia zu den *Bygdøy Baskets* lotsen.

Das einzige Problem bestand darin, dass Mia ihre Kämpfernatur sofort vergaß, wenn irgendein halbwegs attraktiver Junge in der Nähe war. Bjørn, dessen Attraktivität sich in Grenzen hielt, stellte zumindest in dieser Hinsicht keine Gefahr für Mias Konzentration dar.

»Durchhalten, nur noch ein paar Sekunden!«

Björns Stimme hallte in Mias Kopf wider. Was war das bloß für ein Typ, der vierzehnjährige Mädchen zum Spaß an der Wand sitzen ließ? Ein Schweißtropfen fiel auf ihren zitternden Oberschenkel.

»Und … stopp! Beine ausschütteln.«

Mia ließ sich erschöpft zu Boden sinken und fragte sich im Stillen, ob sie Franziska in letzter Zeit beleidigt oder ihr etwas anderes angetan hatte, wofür sich diese jetzt rächen wollte.

Doch Franziska war ganz ohne Hintergedanken. Sie liebte alles an diesem Sport. Die kühlen Noppen des Balls an ihren Fingern. Das glänzende, elastische Parkett des Hallenbodens, das sich so viel besser anfühlte als der harte PVC-Belag ihrer Schulhalle. Das unverkennbare Klirren der Körbe sowie das charakteristische leise Geräusch – ähnlich dem Rascheln von Papier –, wenn ein geworfener Ball ohne Ringberührung durch das Netz flutschte.

Doch vor allem liebte sie den Basketball, weil er eine eigene Welt darstellte, in der ausschließlich die Regeln des Sports galten. Ein einfaches überschaubares Universum, das aus Pässen, Würfen und Dribblings bestand. Aus dem Rhythmus ihres Atems und den Bewegungen ihres Körpers. Wenn sie Basketball spielte, traten alle privaten Probleme, Sorgen und Nöte in den Hintergrund. Dann gab es keine Bilder von München, die sich ganz von allein in ihr Bewusstsein drängten. Keine Mutter, die sich in aufgeblasene Schwachköpfe verliebte. Keinen Alexander, von dem sie nicht wusste, ob er je mehr als ein guter Freund sein würde. Und vor allem keinen Magnus, dem es egal war, ob er eine Klassengemeinschaft oder eine verschworene Clique kaputt machte.

»Franziska, träum nicht!«, rief Björn.

»Äh, was?«

»Ich hab gesagt, wir üben Freiwürfe. Verteilt euch auf die Körbe. Und lasst euch genug Zeit bei den Würfen.«

Franziska zog Mia auf die Beine. Die machte ein paar steife Schritte, als liefe sie auf Stelzen. Ihre Mitspielerinnen hatten bereits damit begonnen, den Ball von der Freiwurflinie auf den Korb zu werfen. Björn ging von einer zu anderen und verbesserte bei manchen die Wurftechnik.

Doch während sich Franziska einen herumliegenden Ball schnappte, hatte Mia bereits Blickkontakt zu einem dunkelhaarigen, etwa sechzehnjährigen Jungen aufgenommen, der an der hölzernen Schwingtür des Geräteraums lehnte und ihnen aufmerksam zusah. Franziska glaubte, dass es ein Spieler aus der B-Jugend war.

Mia ließ den anderen Mädchen den Vortritt und stieß Franziska in die Seite, als diese gerade werfen wollte. »Schau mal, der Typ da drüben, sieht der nicht schnuckelig aus?«

»Mann, Mia, wir sind hier beim Training.«

»Eben, beim Sport kann man super Jungs kennenlernen!«

Franziska verdrehte die Augen. Ich geb's auf, dachte sie. Mia war wirklich eine unverbesserliche Flirtmaschine. Jedenfalls kannte sie keine andere Person, die selbst beim Mädchentraining jede Chance ergriff, um mit wildfremden Jungs anzubandeln. Vor allem, wenn diese zwei, drei Jahre älter waren als sie.

Insgeheim beneidete Franziska ihre Freundin um

ihre Unbefangenheit und die Fähigkeit, mit fremden Jungs in Kontakt zu kommen. Andererseits hatte Franziska nicht das geringste Interesse daran, mit fremden Jungs in Kontakt zu kommen, weil sie sich auf einen einzigen konzentrierte. Wenn sie bei dem einen Schritt weiterkäme, würde ihr das vollauf genügen.

Kapitel 15

Er stand am Fenster und blickte hinaus in den Garten, wo der böige Wind an den nackten Zweigen zerrte. Welkes Herbstlaub veranstaltete einen Zickzacklauf über den bleichen Rasen. In den leichten Nieselregen mischten sich die ersten Schneeflocken dieses Winters. Die Welt hatte ihre Farben verloren. Im Haus war es totenstill. Sein Magen krampfte sich zusammen. Die Übelkeit kam in Wellen und hatte ihn schon mehrmals gezwungen, auf die Toilette zu rennen und sich zu übergeben. Zuletzt war nur noch Galle gekommen.

Dabei war vor zwei Tagen doch eigentlich alles nach Plan verlaufen. Er hatte sich unbemerkt aus dem Haus geschlichen und sein Vorhaben in die Tat umgesetzt. War ebenso unbemerkt wieder nach Hause gelangt. Die Flasche mit dem Brennspiritus hatte er wieder unter die Spüle gestellt, die unbenutzten Streichhölzer in derselben Schachtel verschwinden lassen, aus der er sie genommen hatte. Erst als er erneut in seinem Bett lag und keinen Schlaf finden konnte, war ihm der Fünferpack Streichhölzer eingefallen, der noch im feuchten Gras liegen musste, weil er ihn nicht sogleich aufgehoben hatte. Aber was machte das schon? Er war sich ziemlich sicher, dass man darauf keine Fingerabdrücke würde erkennen können. Niemand konnte ihm etwas nachweisen. Dieser Gedanken hatte ihn zunächst in ein wildes Hochgefühl versetzt.

Doch auf einen Schlag hatte sich alles verändert. Anfangs war es nur ein Gerücht gewesen, das sich in Windeseile verbreitet hatte. Jetzt hatte er Gewissheit. Es stand sogar in der Zeitung, dass der Brand eines Schuppens auf der Sportanlage der Elisenbergschule ein Todesopfer gekostet habe.

Er hatte ein Menschenleben auf dem Gewissen.

Der Gedanke kam ihm so unwirklich vor.

Das Kino in seinem Kopf spulte ein ums andere Mal dieselbe Szene ab: wie er für wenige Sekunden im Schuppen gestanden und die Wände hektisch mit der stinkenden Anzündflüssigkeit besprengt hatte. Der schnaufende Atem, der mehr Ahnung als Gewissheit gewesen war, spukte jetzt durch sein Hirn und quälte ihn ohne Unterlass.

Warum hatte er nicht darauf reagiert? Warum hatte er nicht begriffen, dass es für dieses Geräusch nur eine einzige logische Erklärung geben konnte, nämlich diejenige, dass sich außer ihm noch ein schlafender Mensch im Schuppen befand? Wahrscheinlich weil er zu diesem Zeitpunkt in höchster Erregung und wie von Sinnen gewesen war. Weil das Blut in seinem Kopf gepocht hatte und er Einbildung und Realität nicht mehr hatte unterscheiden können. Aber diese Erklärung beruhigte ihn nicht. Im Gegenteil. Sie raubte ihm schier den Verstand.

Er fragte sich, ob es möglich war, sich im Laufe der Zeit mit solch einer Tat abzufinden. Nein, nicht Tat. Mit solch einem Unglück. Er beschloss, die Sache im Stillen nur noch als Unglück zu bezeichnen. Denn er hatte es doch nicht gewollt. Er hätte sich in seinen schlimmsten Träumen nicht vorstellen können, dass so etwas möglich wäre. Es gab doch so viele Menschen auf der Welt, die etwas Schlimmeres getan hatten als er. Die entführt, erpresst und gemordet hatten. Wie konnten all diese Menschen nur Tag für Tag weiterleben und so tun, als sei nichts geschehen?

Und er selbst? Würde er je wieder ein normales Leben führen können? Er redete sich ein, dass es mit der Erinnerung so wie mit den Fotos früherer Tage war. Sie verblassten allmählich, bis man sich kaum noch vorstellen konnte, dass sie etwas zeigten, was einmal Realität gewesen war. Und mit der verblassenden Erinnerung würden auch die Schuldgefühle nachlassen.

Doch im Grunde war ihm klar, dass dies eine verzweifelte Hoffnung war. Er würde mit seiner Schuld leben müssen. Er wusste nur nicht, wie ihm das gelingen sollte.

Kapitel 16

»Hatte mich schon immer gefragt, wer hier eigentlich wohnt«, sagte Gustavsen und musterte die steinernen Löwen, die heute besonders hochnäsig in die Gegend guckten. »Hübsches Familienwappen übrigens, ich glaube, so was kann man für hundert Kronen im Internet bestellen.«

»Vielleicht haben sie es ja selbst entworfen«, entgegnete Ohlsen. »Nur dass sie statt der Hellebarden einen Staubsauger im Wappen führen sollten. Wollen wir dann?«

»Selbstverständlich.« Gustavsen drückte auf den goldenen Klingelknopf. Auf seinem Kamelhaarmantel, der heute Premiere hatte, ließen sich luftige Schneeflocken nieder. Die kleine Kamera über der Doppelgarage schwenkte in ihre Richtung. Sonst geschah nichts. »Das ist ja hier wie beim Geheimdienst.«

»Du siehst auch aus wie ein Geheimagent«, bemerkte Ohlsen spöttisch.

Gustavsen drückte noch mal. »Rita hat eben Geschmack.«

Es knackte in der Gegensprechanlage. »Ja, bitte?« meldete sich eine knisternde Frauenstimme.

Gustavsen nahm seinen Hut ab, warum auch immer. »Guten Tag, wir kommen von der Kriminalpolizei Oslo und hätten Ihnen gerne ein paar Fragen gestellt«, sagte er mit betont deutlicher Aussprache. »Wenn Sie bitte so freundlich wären, uns hereinzulassen.«

Die Gegensprechanlage verstummte. Sie warteten. Nichts geschah.

»Ich glaube, du warst eine Spur zu höflich«, sagte Ohlsen und drückte mehrere Sekunden lang auf die Klingel. Als es in der Gegensprechanlage rauschte, hielt er seinen Dienstausweis in die Kamera. »Hauptkommissar Ohlsen, Kriminalpolizei. Entweder, Sie machen uns jetzt die Tür auf, oder wir kommen mit einem Durchsuchungsbeschluss wieder.«

Es dauerte keine zwei Sekunden, bis die beiden Flügel des wuchtigen Eingangtores auseinanderglitten.

»Geht doch«, brummte Ohlsen.

»Ich wette, die haben auch einen Lift, mit dem man gemütlich nach oben fahren kann«, keuchte Gustavsen, während sie die steilen Stufen zum Eingang emporstiegen.

»Wenn du nicht so eine Couch-Potato wärst, würde dir das nichts ausmachen«, gab Ohlsen ungerührt zurück.

Am oberen Ende der Treppe erwartete eine braun gebrannte, gertenschlanke Gestalt die beiden Polizeibeamten. Ohlsen musste an eine stolze Aztekenpriesterin denken. Mit stramm nach hinten gebundenen Haaren und vor der Brust verschränkten Armen stand sie majestätisch auf dem Hügel, auf dem ihr Tempel errichtet war.

»Ohlsen, Kriminalpolizei«, wiederholte der Hauptkommissar, als sie sich gegenüberstanden. »Und das ist mein Kollege Gustavsen.« Dieser lüftete seinen Hut.

Die Frau mit dem wettergegerbten Gesicht, das von einer Vielzahl winziger Fältchen durchzogen wurde, streckte Ohlsen huldvoll ihre Hand entgegen. Vielleicht erwartete sie einen Handkuss. Gustavsen wischte sich den Schweiß von der Stirn.

Ohlsen ergriff ihre schmale Hand, die von einer Vielzahl kleiner Knoten und Schwellungen bedeckt war, und hielt sie für einen Moment fest. »Frau Granberg … Sie sind doch Frau Granberg, die Mutter von Magnus?«

»Ja, das bin ich.« Erst jetzt belebten sich ihre Gesichtszüge. Sie mochte etwa Anfang fünfzig sein und war so schmal, dass sie fast klapprig wirkte. Das grelle

Make-up auf der lederartigen Haut verlieh ihr etwas Puppenhaftes.

»Ist etwas mit meinem Sohn?«, fragte sie mit unsicherer Stimme.

»Nun, wir würden Ihnen und Ihrem Sohn gern ein paar Fragen stellen. Es geht um den Brand auf dem Sportgelände seiner Schule, von dem Sie ja bestimmt schon gehört haben.«

Ihre Pupillen huschten unruhig hin und her. »Nein, ich …« Für einen Augenblick schien es ihr die Sprache verschlagen zu haben. »Mein Mann und ich sind erst gestern aus Spanien zurückgekommen, müssen Sie wissen. Aber kommen Sie doch herein.«

»Ist Ihr Mann zu Hause?«, fragte Ohlsen, als sie die große Eingangshalle betraten, in der es nach Rosen duftete, als befände man sich in einem blühenden Garten.

»Nein, der ist in der Firma.«

»Und Ihr Sohn?«

»Tja, der müsste eigentlich aus der Schule wieder da sein. Ich habe ihn noch gar nicht gesehen. Einen Moment bitte.« Sie ging mit raschen Schritten in Richtung eines Flures, der von der Eingangshalle abzweigte. »Elin?«, rief sie mit durchdringender Stimme.

Im nächsten Moment erschien eine junge Frau mit langen blonden Haaren, die der Jahreszeit zum Trotz ein luftiges gelbes Sommerkleid und Riemensandalen mit hohen Absätzen trug. Der Nagellack an Fingern und Zehen entsprach haargenau der Farbe ihres Kleides.

Die beiden Polizisten sahen sich fragend an.

»Elin, hast du Magnus irgendwo gesehen?«

»Ich glaube, der ist auf seinem Zimmer.«

»Dann führe die Herren doch bitte in den französischen Salon, ich bin gleich wieder da.« Ohne sich noch einmal nach ihren Gästen umzudrehen, entschwand die Hausherrin in die unendlichen Weiten ihrer noblen Behausung, während sich Elin an die Besucher wandte. »Wenn Sie mir bitte folgen würden.«

Ohlsen fiel sofort der helle Singsang ihrer Stimme sowie das hintergründige Lächeln auf, das Elins Lippen umspielte, als hielte sie unablässig ein Lachen zurück.

Nachdem sie eine weitere Halle sowie einen langen Korridor durchquert hatten, wurden sie in einen Wohnraum geleitet, der vollgestopft mit historisch anmutenden Möbeln war. Geschwungene Sessel mit roten Polstern und verschnörkelten Lehnen. Grüne Seidentapeten mit altmodischen Mustern. Schwere Samtvorhänge, die von goldenen Kordeln zusammengehalten wurden.

»Wünschen die Herren Tee oder Kaffee?«, fragte Elin. »Oder lieber eine französische Limonade?« Bei dem Wort Limonade kniff sie ein wenig die Lippen zusammen, als müsse sie sich erneut beherrschen, nicht lauthals loszuprusten.

»Nein, danke, machen Sie sich keine Umstände«, entgegnete Ohlsen.

»Was für eine attraktive junge Dame«, bemerkte Gustavsen, nachdem Elin das Zimmer verlassen hatte.

»Nun, ich bin sicher, dass Rita ihr in nichts nachsteht«, entgegnete Ohlsen und öffnete den Reißverschluss seiner schwarzen Lederjacke. Auch ihm war inzwischen warm geworden.

Gustavsen überhörte diese Bemerkung und legte Hut und Mantel auf ein gestepptes Liegesofa, dessen französische Bezeichnung ihm entfallen war. Erst jetzt sah Ohlsen, dass sein Kollege sich heute für ein rosafarbenes Hemd und einen taubenblauen Pullunder entschieden hatte. Eine geschmackvolle, wenn auch gewagte Kombination.

»Ich frage mich, was so ein bildhübsches Mädchen dazu bringt, in diesem Museum zu arbeiten.« Gustavsen strich versonnen über den hölzernen Rahmen des historischen Möbelstücks. »Sofern es sich nicht um die Tochter des Hauses handelt, was ich für sehr unwahrscheinlich halte.«

»Vermutlich die Bezahlung«, tippte Ohlsen.

Gustavsen richtete seinen Zeigefinger auf ihn. Eine

sprechende Geste, die in etwa *Du sagst es* bedeutete. »Chaiselongue!«, rief er plötzlich.

»Bitte?«

»Mir ist gerade eingefallen, wie diese Liegesofas heißen.«

»Schön für dich.«

»Aber was ist dann eine Ottomane?« Gustavsen legte einen Finger an die Nase und schien angestrengt nachzudenken, als sich beinahe lautlos die Tür öffnete. Die schmächtige Frau Granberg trat ein, ihr stämmiger Sohn schlurfte hinter ihr her.

»Du bist also Magnus«, sagte Ohlsen sofort, trat auf den Jungen zu und gab ihm die Hand. »Ich bin Hauptkommissar Ohlsen von der Kripo Oslo. Mein Sohn Alexander geht übrigens mit dir in eine Klasse.«

»Alexander ...?« Magnus machte große Augen und schien von dieser Nachricht regelrecht schockiert zu sein. »Er ... er hat mir gar nicht erzählt, dass sein Vater ...«

»... ein Bulle ist«, ergänzte Ohlsen. »Nein, das bindet Alex bestimmt nicht gleich jedem auf die Nase. Er will ja auch ein paar Freunde haben.«

Ein verhaltenes Lächeln huschte über Magnus' Gesicht.

»Aber bitte, wollen wir uns nicht setzen«, sagte Frau Granberg und wies mit der Hand auf eine zierliche Rokoko-Sitzgruppe.

»Danke, aber das ist nicht nötig«, antwortete Ohlsen, der es sich seit Langem zum Prinzip gemacht hatte, solche Befragungen im Stehen durchzuführen. »Wie ich deiner Mutter bereits erklärt habe, möchten wir dir gern ein paar Fragen stellen, die mit dem Brand des Geräteschuppens auf eurem Sportgelände zu tun haben.«

Magnus nickte und atmete tief durch. »Kann mir schon denken, warum Sie zu mir kommen«, sagte er mürrisch.

»Was war das für ein Brand? Was ist da passiert, Magnus?« Die Stimme seiner Mutter hatte einen hysterischen Unterton angenommen. »Warum hast du uns denn nichts davon erzählt?« Sie schlug die Hände zusammen.

»Erzählt?« Magnus lachte aggressiv auf. »Wann denn?«

Frau Granberg biss sich auf die Lippen und verzichtete auf eine Antwort.

»Auf dem Sportgelände der Schule hat es in der Nacht von Freitag auf Samstag gebrannt«, schaltete sich Gustavsen sein. »Ein Schuppen, in dem Garten- und Sportgeräte untergebracht waren, ist dabei völlig zerstört worden. Nach unseren bisherigen Ermittlungen spricht alles dafür, dass er vorsätzlich in Brand gesteckt wurde.«

»Was an sich schon eine schwere Straftat darstellt«,

übernahm Ohlsen. »In diesem Fall wird die Tat aber noch von dem schrecklichen Umstand begleitet, dass ein Mann zu Tode kam, der sich zum Zeitpunkt des Brandes im Schuppen aufhielt.«

Frau Granberg schnappte hörbar nach Luft und schlug sich die Hände vor den Mund. Magnus lauschte den Worten der beiden Polizisten mit versteinerter Miene.

»Dieser Mann … wer …?«, stotterte seine Mutter.

»Das wissen wir noch nicht«, antwortete der Hauptkommissar. »Auch was den Täter betrifft, haben wir erst wenige Anhaltspunkte. Doch wir müssen natürlich die Möglichkeit in Betracht ziehen, dass einer der Schüler«, er machte eine Pause und warf Magnus einen langen Blick zu, »seine Finger im Spiel hatte. Vielleicht, um sich für irgendetwas an der Schule zu rächen und den Lehrern und Mitschülern einen Denkzettel zu verpassen. So was kommt schon mal vor.«

»Und jetzt glauben Sie, dass ich das war, weil ich schon früher …« Magnus schien den Tränen nahe und fuhr sich durch seine dichten dunklen Locken, die so ungebändigt wirkten, als führten sie ein Eigenleben.

»Wir wollen dir nichts unterstellen, Magnus«, versicherte ihm Ohlsen eindringlich. »Aber du verstehst sicher, dass wir dir nach den früheren Vorfällen ein paar Fragen stellen müssen. Ich meine die Vorfälle, die dazu geführt haben, dass du schon zwei Mal die Schule wechseln musstest.«

»Das mit dem brennenden Mülleimer ist nie erwiesen worden!«, rief Frau Granberg mit schriller Stimme. »Die hatten Magnus doch schon lange auf dem Kieker und haben das als Vorwand benutzt, um ihn loszuwerden.«

»Ist schon gut, Mama«, sagte Magnus leise und knetete seine Unterlippe.

»Kann irgendjemand bezeugen, dass du Freitagnacht hier warst?«

»Nur Elin, meine Eltern waren ja noch in Spanien.«

»Könnte Elin auch bezeugen, dass du zwischen zwei und vier Uhr morgens hier warst?«

Magnus schüttelte den Kopf. »Da haben wir geschlafen und Elins Zimmer liegt weit von meinem entfernt.«

Ohlsen nickte. »Was war das damals für eine Geschichte mit dem brennenden Mülleimer?«

»Das war vor zwei Jahren auf der Uranienborgschule«, antwortete Magnus bereitwillig. »Ich hab da so kleine Papierschnipsel verbrannt und dann eine Zigarettenschachtel und …«

»Du brauchst nichts zuzugeben, was du nicht getan hast!«, rief seine Mutter erregt.

»Jetzt lass mich doch erzählen!«, fuhr er sie an.

»Das war so eine Art Mutprobe und plötzlich ist alles außer Kontrolle geraten. Aber das wollte ich nicht, ich schwöre!« Magnus warf Ohlsen einen flehentlichen Blick zu. »Das müssen Sie mir glauben«, fügte er leise hinzu.

»Und die Sache mit dem Getränkeautomaten auf dem Christlichen Gymnasium, war das auch eine Mutprobe?«

Magnus nickte stumm vor sich hin, während sich seine großen braunen Augen mit Tränen füllten. »Da wollte ich mir selbst was beweisen. Ich weiß, dass das ein riesiger Fehler war. Ich meine, das war echt gefährlich, und ich wollte doch nur …«

»Mal was richtig Spannendes erleben?«, schlug der Hauptkommissar vor.

»Ja … so ungefähr.« Magnus schniefte. Gustavsen reichte ihm ein Taschentuch.

Frau Granbergs Miene war erstarrt. Die winzigen Fältchen unter dem Make-up ließen ihr Gesicht so spröde und zerbrechlich aussehen wie altes Porzellan.

»Dein Lederarmband gefällt mir übrigens sehr gut, darf ich mir das mal ansehen?« Magnus zog es von seinem Handgelenk und gab es dem Kommissar. Der drehte es zwischen den Fingern und betrachtete es von allen Seiten. »Das sieht ja sehr edel aus.« Er musterte den in das dunkelbraune Leder eingeprägten Kopf eines Bullen, der offenbar das Firmenlogo darstellte, sowie die verzierten silbernen Enden, die man zusammenstecken konnte.

»Das sind Magnete«, erklärte Magnus. »Deshalb hält das Armband automatisch zusammen.«

»Kann man die hier im Laden kaufen?«

»Nein, die haben mir meine Eltern aus New York mitgebracht.«

»Die? Hast du denn mehrere davon?«

»Ich hatte mal zehn Stück, aber die Magnetstücke halten nicht so gut, wenn man sie nicht genau zusammensteckt. Zwei oder drei hab ich schon verloren.«

Ohlsen griff schweigend in die Innentasche seiner Jacke und zog ein Lederarmband heraus, das dem von Magnus glich wie ein Ei dem anderen.

»Wahrscheinlich gehört das hier zu denen, die du verloren hast.«

Magnus wurde es heiß und kalt. »Wo haben Sie das her?«, fragte er mit brüchiger Stimme.

»Das haben wir in unmittelbarer Nähe des Tatorts gefunden, und wie du siehst, ist es kein bisschen verwittert. Das heißt, dass es nicht lange im feuchten Gras gelegen haben kann. Höchstens ein paar Stunden, sagen unsere Techniker.«

»Das … das kann nicht sein«, war alles, was Magnus über seine zitternden Lippen brachte. Er hatte das Gefühl, als hätte ihm jemand eine Schlinge um den Hals gelegt, die sich langsam zuzog.

Kapitel 17

Alexander hatte seinem Vater am Telefon diktiert, was er einkaufen sollte. Eine Packung Mandeln, zwei Töpfe frisches Basilikum, ein großes Stück Parmesan, Olivenöl und 600 Gramm Kirschtomaten. Knoblauch und Spaghetti hatten sie noch zu Hause.

»Was soll das werden?«, hatte Ohlsen gefragt.

»Wart's ab, Papa.«

Jetzt duftete die große Wohnküche am Frederiksborgveien nach frischen Kräutern. Alexander zupfte die grünen Blätter von den Stielen, während sein Vater die Mandeln in einer großen Pfanne erwärmte. »Sizilianisches Pesto«, sagte er versonnen. »Deine Mutter hat im Urlaub schon immer Rezepte gesammelt. Neu ist nur, dass sie das jetzt auch während der Arbeit tut und sie ihrer Familie nach Hause schickt.«

Alexander warf einen Blick auf den Kalender, in den ein dickes rotes Kreuz eingezeichnet war. »Heute in zwei Wochen kommt sie wieder.«

Ohlsen ließ die warmen Mandeln in der Pfanne tanzen, ehe er sie auf den Herd zurückstellte. »Deshalb sollten wir unsere Männer-WG bis dahin noch richtig genießen.« Er entkorkte eine Flasche Rotwein. »Was jetzt?«

»Die gerösteten Mandeln ein wenig abkühlen lassen und in der Küchenmaschine zu einem groben Pulver zerkleinern«, las Alexander vom Display seines Smartphones ab.

»Sehr wohl.« Ohlsen nahm die Pfanne vom Herd. Dann füllte er ein Weinglas bis zur Hälfte und schwenkte es hin und her. »Sag mal, dieser Magnus in deiner Klasse, was ist das eigentlich für ein Typ?«

»Ist das eine private oder eine berufliche Frage?«

»Rein privat«, antwortete Ohlsen mit demonstrativ unschuldigem Gesichtsausdruck. »Sonst würde ja ein Aufnahmegerät mitlaufen.«

Alexander wählte seine Worte mit Bedacht. »Er ist … irgendwie anders.«

»Anders als wer?«

»Anders als die anderen in der Klasse. Aber auch anders als die anderen glauben.«

»Das musst du mir erklären.«

Alexander schälte eine Knoblauchzehe und dachte nach. »Vielen aus der Klasse geht er auf die Nerven, weil er ständig den Ton angeben will und andere herumkommandiert. Oft benimmt er sich so, als würde er es geradezu darauf anlegen, sich unbeliebt zu machen.«

Ohlsen füllte die gerösteten Mandeln in die Küchenmaschine. »Sprich weiter, ich bin ganz Ohr.«

»Aber meistens kommt man gar nicht an ihn ran, weil er so cool und distanziert ist. In den Pausen hängt er fast nur mit älteren Schülern rum und behandelt alle anderen, als wären sie Luft. Doch irgendwie hat man das Gefühl, dass diese Coolness reine Show ist, weil er eigentlich ständig im Mittelpunkt stehen will.«

»Hört sich plausibel an«, sagte Ohlsen und setzte die Küchenmaschine in Gang. Nach wenigen Sekunden sahen die Mandeln aus wie Sägespäne. Er nahm den Deckel ab und füllte das Pulver in eine große Schüssel.

Alexander warf die Knoblauchzehe in die Küchenmaschine und stopfte die Hälfte der Basilikumblätter dazu. »Warum fragst du eigentlich?«, erkundigte er sich.

»Weil ich Magnus heute Nachmittag in seinem Elternhaus befragt habe.«

Alexander drehte sich ruckartig zu seinem Vater um. Seine Augen blitzten ihn an. »Glaubst du jetzt auch schon, dass *er* es war?« Alexander spürte einen ohnmächtigen Zorn in sich aufsteigen.

»Kannst du es ausschließen?«, fragte Ohlsen mit sanfter Stimme.

»Nein, kann ich nicht!«, rief Alexander erregt. »Alle … alle denken doch, dass *er* es war. Weil er ein schwieriger Typ ist, der einen Haufen Probleme hat und früher ziemlich viel Mist gebaut hat. Weil er an seiner alten Schule einen Getränkeautomaten in die Luft gesprengt hat und was weiß ich nicht alles. Und wenn jemand so was macht, dann traut man ihm noch viel schlimmere Dinge zu, stimmt's? Das ist so ungerecht!«

Alexander wusste selbst nicht, warum er auf einmal für Magnus Partei ergriff. Es war einfach aus ihm herausgebrochen.

»Und diese Vorverurteilung geht dir gegen den Strich.« Ohlsen nickte bedächtig. »Sehr verständlich. Und es ehrt dich wirklich, Alex, dass du für ihn bist, weil so viele gegen ihn sind.«

»Ich bin nicht für ihn, weil so viele gegen ihn sind, sondern weil es ja wohl nicht die geringsten Beweise gegen ihn gibt!«

»Da irrst du dich leider.«

»Was?«, fragte Alexander entgeistert.

Für einen Moment war es mucksmäuschenstill in der Küche. Ohlsen schüttelte den Kopf, bevor er einen großen Topf mit Wasser füllte und auf den Herd stellte. Wahrscheinlich ärgerte er sich darüber, so unbedacht reagiert zu haben.

»*Was* hast du da gerade gesagt?«, wiederholte Alexander.

»Vergiss es einfach. Eigentlich darf ich dir das gar nicht erzählen.«

»Du hast aber schon was erzählt.«

»Alex, bitte! Wenn herauskommt, dass ich dir vorläufige Ermittlungsergebnisse anvertraut habe, komme ich in Teufels Küche.«

»Früher hat's dir aber auch nicht geschadet, mich einzuweihen«, entgegnete Alexander trocken.

Sein Vater wiegte den Kopf hin und her.

»Denk nur an die Sache mit dem Tattoo vor einem Jahr. Ihr hättet diese Einbrecher mit den Clownsmasken doch nie geschnappt, wenn ich dich nicht auf das Tattoo aufmerksam gemacht hätte.«

»Ja, stimmt schon«, musste Ohlsen zugeben.

»Und zum Hauptkommissar befördert worden wärst du wahrscheinlich auch nicht.«

»Schon gut, schon gut.« Hauptkommissar Ohlsen gab sich geschlagen. »Aber das bleibt unter uns, hast du mich verstanden!«

»Ich schweige wie ein Grab«, versprach Alexander.

Ohlsen seufzte. »Also gut. Vater und Sohn ermitteln mal wieder zusammen.«

Und so erfuhr Alexander von der Sache mit dem Armband, das in unmittelbarer Nähe zum Tatort gefunden worden war. Dem Armband, das aus New York stammte und als Logo den Kopf eines Büffels trug. Dem Armband, das Magnus gehörte.

Sie diskutierten eingehend die Lage des Fundorts und ob es nicht möglich sei, dass Magnus das Armband bereits beim nachmittäglichen Sportunterricht verloren hatte. Wie hoch die Wahrscheinlichkeit war, dass es sich durch einen zufälligen Kontakt mit dem Maschendrahtzaun vom Handgelenk löste. Und es war – New York hin, New York her – natürlich nicht auszuschließen, dass es noch andere Menschen gab, die im Besitz eines solchen Armbands waren.

Alle Anspannung war verflogen und einer vertrauten, fröhlichen Zweisamkeit gewichen. Alexander hatte den Parmesan gerieben, während sein Vater das Basilikum durch die Küchenmaschine gejagt und alle Zutaten mit so viel Olivenöl vermischt hatte, dass eine sämige Creme entstand. Am Ende halbierten sie die Kirschtomaten, zerdrückten sie ein wenig mit der Hand, mengten sie unter die Sauce und schmeckten das Ganze mit Salz und Pfeffer ab.

»Absolut fantastisch!«, befand Ohlsen, nachdem die ersten Spaghetti den Weg in seinen Mund gefunden hatten.

Alexander gab ein wohliges Grunzen von sich. »Lecker aussehen tut's ja nicht gerade.«

»Stimmt genau, da kannst du als Nachwuchsermittler mal sehen, wie sehr der erste Eindruck täuschen kann.«

»Das sagt der Richtige.«

»Vergiss jetzt mal das Armband. Bei Ermittlungen geht es prinzipiell darum, den wahrscheinlichsten Ablauf des Tathergangs zu rekonstruieren, und zwar mittels Indizien und Beweisen. Außerdem muss man die möglichen Motive eines Verdächtigen ergründen.«

»Und was sollte Magnus für ein Motiv haben?«

»Jugendlicher Übermut, Geltungsdrang, Einsamkeit, Langeweile, solche Sachen.«

»Und was ist mit Torkelsen?«

»Wieso Torkelsen?«

»Na, dieser Brandstifter, von dem du mir neulich beim Joggen erzählt hast. Der hat doch alle Orte abgefackelt, an die er schlimme Kindheitserinnerungen hatte.«

»Ich muss schon sagen, du hast wirklich ein außergewöhnlich gutes Gedächtnis. Aber worauf willst du hinaus?«

»Der ist doch erst neulich aus dem Knast entlassen worden. Hast du schon überprüft, auf welche Schule der Typ gegangen ist?«

»Klar, bin ja nicht von vorgestern.«

»Und?«

Statt zu antworteten, trank Ohlsen einen Schluck Wein und drehte seelenruhig ein paar Spaghetti um seine Gabel.

»Jetzt sag schon.«

»Auf die Elisenbergschule.«

Alexander breitete lachend die Arme aus. »Dann kommt doch genauso gut dieser Torkelsen infrage.«

Ohlsen winkte ab. »Glaub ich nicht.«

»Und warum nicht?«

»Weil Torkelsen gleich die ganze Schule abgefackelt hätte.«

»Woher willst du das wissen?«

»Das sagt mir meine Nase.«

»Dieser Zinken?«

»Vorsicht!«

»Ich dachte, es ginge nicht um Nasen, sondern um Motive, Indizien und Beweise.«

So kabbelten sie sich noch eine ganze Weile, und Alexander dachte, dass eine Männer-WG zweier Ermittler doch eine großartige Sache war. Den abgebrannten Schuppen, in dem sich eine Leiche befunden hatte, betrachtete er von nun an als ihren gemeinsamen Fall.

Wollen doch mal sehen, dachte er, wer hier den besseren Riecher hat.

Kapitel 18

Mit einem dumpfen *Klack* flog ein einzelner Pin zur Seite. Neun Kegel blieben unbeeindruckt von Elias' Bowlingkünsten stehen. Auf der elektronischen Anzeige erschien die Zeichentrickfigur eines rothaarigen Jungen, der traurig den Kopf schüttelte.

Håkon brach in frenetischen Beifall aus. »Super, Kumpel, mach uns fertig!«

Elias ignorierte den Spott seines Freundes, griff sich eine knallrote Kugel und strich konzentriert über deren glatte Oberfläche. Dann nahm er zwei Schritte Anlauf, holte weit aus, vergaß jedoch, in die Knie zu gehen. Die Kugel schlug krachend auf der lackierten Holzbahn auf und kullerte ein wenig am linken Rand entlang, ehe sie in die Rinne plumpste. Die Comicfigur auf dem Monitor raufte sich die Haare.

Jetzt fielen auch Lukas und Alexander in Håkons Jubel ein, während Franziska sich bereits auf ihren Wurf vorbereitete.

»Vielleicht sollte ich mir die Kugeln besser aussuchen«, sagte Elias, als er sich neben Lukas auf den Sitz fallen ließ. »Hätte fast die Finger nicht mehr rausgekriegt.«

»Was passiert eigentlich, wenn man die Finger nicht rechtzeitig rauskriegt?«, fragte Lukas und nippte an seiner Cola.

»Ist ja wohl klar, dann fliegst du mit der Kugel über die Bahn«, antwortete Håkon grinsend. »Und... strike!«

Franziska hatte sich inzwischen ihre Lieblingskugel geschnappt, die aussah, als wäre sie aus grünem Marmor. Für zwei, drei Sekunden stellte sie sich kerzengerade hin, drückte den Rücken durch und die Fersen gegeneinander. So hatte sie das bei den Profis beobachtet. Dann machte sie vier schnelle Schritte, ging elegant in die Knie und schickte die Kugel auf die Reise. Diese beschrieb eine formvollendete Kurve, die jeden Mathelehrer entzückt hätte, und räumte Sekunden später sämtliche Pins ab.

STRIKE!!! blinkte es auf dem Monitor, worauf die Comicfigur einen Luftsprung machte. Franziska schlenderte lässig zu ihrem Platz zurück und warf den anderen einen koketten Na-Jungs-wie-war-ich-Blick zu.

Alexander schaute bewundernd zu ihr auf, als Elias plötzlich sagte: »Wusstet ihr eigentlich, dass Bowling nur erfunden wurde, weil in Amerika früher das Kegeln verboten war?«

Vierfaches Kopfschütteln. Natürlich wusste das keiner. So was war sozusagen typisches Elias-Wissen. Alles, was in der Schule verlangt wurde, gehörte definitiv nicht dazu. Gleichungen mit mehreren Unbekannten oder unregelmäßige Verben waren also kein Elias-Wissen. Doch wenn niemand damit rechnete, brillierte er plötzlich mit exakten Kenntnissen über das Schlafverhalten der Galapagos-Schildkröte, über historische Flugzeugmotoren oder eben über die Geschichte des Bowlings.

»Das Kegeln war verboten worden, weil meist um Geld gespielt wurde«, erklärte Elias. »Also haben sie statt mit neun mit zehn Kegeln gespielt und die Kegel im Dreieck statt im Viereck aufgestellt und das Ganze einfach Bowling genannt. Schwuppdiwupp, hatte man einen neuen Sport erfunden, und der konnte natürlich nicht verboten sein, weil er ja neu war«, schloss Elias mit messerscharfer Logik.

»Wo hast du nur immer all das Zeug her«, wunderte sich Lukas. Elias zuckte die Schultern.

»Hey, da drüben sind Erik und Svein.« Håkon zeigte auf die Theke am Eingangsbereich, wo sich ihre Klassenkameraden gerade zwei Paar Bowlingschuhe aushändigen ließen. »Wusste gar nicht, dass die beiden befreundet sind.«

»Ich wusste gar nicht, dass Erik überhaupt noch andere Freunde hat als Mathias«, sagte Lukas.

»Wollen wir sie nicht zu uns rüberholen?«, fragte Franziska.

»Klar, warum nicht«, antwortete Alexander. »Svein ist lustig, und Erik werden wir schon irgendwie aus der Reserve locken.« Er stand auf und ging auf die beiden zu.

Der hellhäutige Svein mit den eichhörnchenroten Haaren, der wie eine norwegische Ausgabe von Ron Weasley aussah, hatte ihn bereits erblickt und streckte ihm grinsend seine Faust entgegen. Alexander ließ sich nicht lange bitten: Fistbump. »Hey, was macht ihr denn hier?«

»Gute Frage. Meine Großmutter besuchen«, gab Svein zurück.

»Und du, Erik?«

»Ich … äh … meinen Onkel.« Er lächelte verlegen.

»Also ehe ihr euch hier mit euren Verwandten langweilt, könnt ihr auch zu uns rüberkommen.«

»Bestens.« Svein schien sich aufrichtig zu freuen. Eriks Miene war so unergründlich und verschlossen wie immer. »Okay«, sagte er bloß und zockelte hinter den beiden anderen her.

Na bravo, dachte Franziska leicht frustriert. Die nächsten Jungs sind im Anmarsch. Im Grunde war es auch schon egal, ob sie ihre Freizeit mit fünf oder mit sieben Jungs verbrachte. Warum nicht mit zwanzig? Offenbar war das jetzt ihr Schicksal. Sie konnte nur hoffen, dass die anderen sie nicht irgendwann für ein bisschen komisch hielten und dachten, mit ihr stimme was nicht. Dass die anderen Mädchen manchmal darüber tuschelten, war nicht nur möglich, sondern ziemlich wahrscheinlich. Aber was blieb ihr anderes übrig, wenn sie Alexander in ihrer Nähe haben wollte. Wer Alexanders Nähe suchte, der musste sich eben damit abfinden, seine Aufmerksamkeit mit anderen teilen zu müssen. Die Leute schwirrten um ihn herum wie Motten um das Licht. Sie fragte sich, ob ihm das überhaupt klar war. Natürlich wäre es auch ganz nett gewesen, wenn Mia jetzt hier wäre. Aber die hätte vermutlich mit allen Jungs gleichzeitig geflirtet, was ihr ziemlich auf den Wecker gegangen wäre. Und wehe, sie würde sich irgendwann an Alexander ranschmeißen. Schon der Gedanke daran machte Franziska aggressiv.

Sie nahm die grüne Kugel und legte all ihre Entschlossenheit in den Wurf. Diesmal sauste die Kugel in kerzengerader Linie über die Bahn. Zehn Pins flogen zur Seite, dass es nur so schepperte.

STRIKE!!! Auf dem Monitor war eine Horde von Comiccowboys zu sehen, die vor Begeisterung in die Luft schossen und ihre Lassos schwangen. Die Jungs stimmten Franzi!-Franzi!-Sprechchöre an.

Auch nicht so schlecht!, dachte sie.

Dass sie zu siebt eine einzige Bahn belegten, hatte natürlich den Nachteil, dass es lange dauerte, bis man an die Reihe kam. Dafür konnten sie umso besser über das Thema quatschen, das seit einer Woche alle in Atem hielt. Selbst Erik taute jetzt richtig auf und beteiligte sich mit Feuereifer an der Diskussion: »Glaubt ihr auch, dass er es war?«

»Wer?«, fragte Elias

»Magnus natürlich.« Erik fuchtelte hektisch mit den Armen, um seinen Worten Nachdruck zu verleihen.

Jetzt fängt der auch noch an, dachte Alexander. Zwar wusste niemand außer ihm, dass Magnus' Armband am Tatort gefunden worden war, doch solange seine Schuld nicht eindeutig feststand, wollte er ihn gegen jede übereilte Verurteilung in Schutz nehmen. Das war er Magnus, der in letzter Zeit immer häufiger seine Nähe suchte, schuldig. Das war er sich selbst schuldig.

»Wie kommst du darauf, dass es jemand von uns war?«, fragte er.

»Wieso von uns?«, fragte Erik irritiert.

»Ich meine, von uns Schülern.«

»Weil dieser Typ einfach 'ne Macke hat. Der ist schon von zwei Schulen geflogen, weil er eine Gefahr für die Allgemeinheit ist.«

»Also wenn ich sehe, dass der noch einmal sein Feuerzeug zückt, dann laufe ich sofort zum Direktor, sorry!«, schaltete sich Håkon ein. »Ich hab jedenfalls keinen Bock darauf, dass der uns die Schule unterm Hintern anzündet.«

»Das wird er schön bleiben lassen«, sagte Franziska. »Der weiß doch genau, dass er unter Beobachtung steht.«

»Jedenfalls kann es genauso gut jemand gewesen sein, der mit der Schule nichts zu tun hat«, stellte Alexander fest.

»Absolut korrekt«, stimmte Svein zu. »Ich hab eh das Gefühl, dass wir nie erfahren werden, was wirklich passiert ist. Wir können also genauso gut über was anderes reden.«

»Stimmt eigentlich«, sagte Elias. »Wusstet ihr schon, dass …?

»Nee, wussten wir nicht«, schnitt ihm Lukas das Wort ab. »Außerdem bist du dran.«

Elias stand auf und suchte sich sorgfältig die Kugel für seinen nächsten Wurf aus.

»Also ich bleib dabei«, sagte Erik und blickte auf der Suche nach Zustimmung in die Runde. »Das war der Typ, der ständig diese Lederarmbänder trägt, jede Wette!«

Kapitel 19

Als das Handy von Hauptkommissar Ohlsen klingelte, war dieser wieder mal nicht erreichbar. Er lehnte gemütlich an der Theke des nagelneuen Fitnessstudios, das er für die beste Investition hielt, die das Polizeipräsidium in den letzten zwanzig Jahren getätigt hatte. Da er sein Krafttraining gerade beendet hatte, trank er mit einem Kollegen noch einen Kaffee. Danach würde er sich in Richtung Konferenzraum auf den Weg machen. Dass die Sitzung auf neun Uhr morgens vorverlegt worden war, hatte er durchaus mitbekommen. Allerdings hatte ihn die SMS der Dezernatsleiterin erst gestern Abend erreicht, was ihm nun Gelegenheit gab, sich unwissend zu stellen. Außerdem betrachtete er dies als erzieherische Maßnahme gegenüber seiner Vorgesetzten. Wenn Liv Eriksen nun schon anfing, ihre Mitarbeiter in aller Herrgottsfrühe zusammenzutrommeln, würde sie bald mitten in der Nacht tagen wollen.

»Also ich geh dann mal«, sagte er und klopfte seinem Kollegen jovial auf die Schulter. In diesem Augenblick stürmte Nina Holmberg in den Raum.

»Mensch, Nils, wo bleibst du denn? Wir warten schon seit einer halben Stunde auf dich!«

»Wieso? Die Sitzung fängt doch erst um zehn an.«

»Nein, um neun! Hast du denn keine Nachricht gekriegt?«

Ohlsen schüttelte den Kopf und setzte eine treuherzige Miene auf, was er außerordentlich gut beherrschte. »Ich zieh mich rasch um und komme dann gleich. Kannst ruhig wieder raufgehen, Nina.«

Sie presste die Lippen zusammen und zog die Brauen hoch, wie sie es immer tat, wenn ihr etwas spanisch vorkam oder sie eine Aussage anzweifelte. Ohlsen wusste nur zu gut, dass sie ihn durchschaute, aber das störte ihn nicht im Geringsten. Auf Ninas Loyalität konnte er sich zu hundert Prozent verlassen. Und auf ihre Verschwiegenheit ebenso.

★ ★ ★

»Na endlich!« Liv Eriksen gab einen Stoßseufzer von sich, als Ohlsen zehn Minuten später mit immer noch feuchten Haaren den Konferenzraum betrat. »Wo hast du denn gesteckt? Ich hab gestern Abend allen eine SMS geschickt.«

»Da war ich schwimmen«, entgegnete Ohlsen knapp, während er seinen angestammten Platz neben Nina Holmberg einnahm.

»Vielleicht hättest du nächstes Mal die Güte, nach dem Aufstehen einen Blick auf dein Handy zu werfen«, entgegnete die Dezernatsleiterin verschnupft. »Ich ziehe unser Meeting ja nicht aus Jux und Dollerei vor, sondern weil ich um elf bei Krogstad sein muss. Er will über den Stand der Ermittlungen informiert werden. Also erzähl mir jetzt bitte nicht, dass wir immer noch auf der Stelle treten.«

»Krogstad wird zufrieden sein, glaub mir«, sagte Ohlsen mit selbstsicherem Lächeln.

»Na, da bin ich aber gespannt«, sagte Liv Eriksen zweifelnd.

»Beim Schuhhaus Sverre in der Thorvald Meyers gate liegt inzwischen ein Geständnis des Eigentümers vor, dass er seinen Laden selbst in Brand gesteckt hat, um die Versicherungssumme zu kassieren«, begann Ohlsen. »Und beim Privatgebäude in der Helgesens gate kann Fremdverschulden eindeutig ausgeschlossen werden. Diese beiden Fälle können wir also schon mal zu den Akten legen.«

Die Dezernatsleiterin entspannte sich ein wenig. Ohlsen nahm sich ein Erdnussplätzchen vom Keksteller und stippte es in den Kaffee, den Nina ihm fürsorglich eingeschenkt hatte.

»Was den abgebrannten Schuppen auf dem Sportgelände der Elisenbergschule angeht«, fuhr er fort, »sind wir bei den Ermittlungen ein gutes Stück vorangekommen. Die Klärung der Identität des Toten gestaltet sich allerdings schwieriger als erwartet. Fest steht, dass es sich um einen Mann gehandelt hat, doch gibt es derzeit keine vermisste Person, die dafür infrage kommt.«

»Möglicherweise ein illegaler Einwanderer, der bei den Behörden nicht registriert ist«, ergänzte Gustavsen.

»Was hat die technische Untersuchung ergeben?«, wollte die Dezernatsleiterin wissen.

»Auf den Streichhölzern, die wir gefunden haben, konnten keine DNA-Spuren gesichert werden«, erklärte Ohlsen. »Als Brandbeschleuniger wurde eine chemische Flüssigkeit eingesetzt, Ethanol oder so was, das Übliche.«

»Irgendwelche Verdächtigen?«

»Jetzt wird's interessant«, antwortete Ohlsen. »Verdächtiger Nummer eins ist der Hausmeister, ein Mann namens Gulliksen. Er war es, der den Brand gemeldet hat, doch sind uns bei seiner Aussage verschiedene Ungereimtheiten aufgefallen. Zum einen hatte er einen frischen Bluterguss unter dem Auge, der möglicherweise auf einen Kampf mit dem Opfer hindeutet. Zum anderen wusste er bereits von dem Toten, bevor wir ihn darüber informiert haben. Zum Dritten konnte er uns nicht schlüssig erklären, wie das Opfer in den Schuppen gekommen sein soll, obwohl er ihn nach eigener Aussage bereits am Nachmittag abgeschlossen hatte.«

Die Dezernatsleiterin nickte. »Hört sich vielversprechend an.«

»Zumal mir die gesamte Existenz dieses Mannes ein Rätsel ist«, fuhr Ohlsen fort. »Der ist nämlich der totale Messie. Selbst ziemlich ungepflegt und seine Wohnung völlig verwahrlost. Nach Aussage des Schuldirektors wurde er schon mehrfach abgemahnt, weil er seinen Aufgaben nur unzureichend oder gar nicht nachkam. Man könnte fast glauben, dass sein Job als Hausmeister nur eine Tarnung ist. Ich meine, warum sollte man denn eine solche Stelle annehmen, wenn man einen ausgeprägten Widerwillen gegen alle Reparatur- und Reinigungsarbeiten hat?«

»Wir Psychologen betrachten so etwas natürlich aus einem anderen Blickwinkel«, schaltete sich Nygaard beflissen ein. »Was nach einer getarnten Existenz aussieht, könnte in Wahrheit zum Erscheinungsbild einer gespaltenen Persönlichkeit gehören. Es gab da kürzlich einen hochinteressanten Artikel im *Kriminalistischen Wochenblatt*.«

»Kannst ja mal deine Supersoftware mit den Suchbegriffen Hausmeister, fettige Haare und kaputte Klingel füttern« schlug Gustavsen vor, »dann könnten wir uns hier die ganze Arbeit sparen«.

»Mich würde eher der zweite Verdächtige interessieren«, sagte Liv Eriksen. »Hattest du nicht eben vom Verdächtigen Nummer eins gesprochen, Nils?«

»Richtig. Verdächtiger Nummer zwei ist ein Schüler namens Magnus Granberg. Ein vernachlässigter Junge reicher Eltern, der früher schon eine auffällige Neigung zu Gewalt und Feuerspielen gezeigt hat. Er ist bereits zwei Mal von der Schule geflogen, weil er einen Mülleimer in Brand gesteckt beziehungsweise einen Getränkeautomaten in die Luft gesprengt hat. Darüber hinaus haben die Leute von der Spurensicherung ein Lederarmband von der gleichen Art, wie es der Junge sonst am Handgelenk trägt, in unmittelbarer Nähe des Tatorts gefunden. Könnte aber natürlich auch sein, dass der Junge das Armband einfach so verloren hat. Am Nachmittag hat er auf demselben Gelände noch am Sportunterricht teilgenommen.«

»Hast du den Jungen schon nach dem Armband befragt?«

»Ja, und er hat gar nicht abgestritten, dass es wahrscheinlich ihm gehört. Er konnte sich nur nicht erklären, wie es auf den Sportplatz gelangt ist.«

Die Dezernatsleiterin machte sich Notizen. »Danke, Nils, das sollte fürs Erste genügen, um Krogstad …«

»Wer hat denn gesagt, dass ich schon fertig bin?«, fragte Ohlsen.

»Gibt es etwa *noch* einen Verdächtigen?«

»Ja, und zwar unseren guten alten Bekannten Ivar Torkelsen. Der hat nämlich auch mal die Elisenbergschule besucht.«

Liv Eriksen stöhnte unwillkürlich auf, als sie diesen Namen hörte. »Kannst du dir wirklich vorstellen, dass der nach zehn Jahren aus dem Gefängnis kommt und sofort seinen Rachefeldzug fortsetzt? Er wäre doch nie entlassen worden, wenn die Psychologen ihn immer noch für gefährlich hielten.«

»Wir wissen doch alle, wie Psychologen sich irren können«, entgegnete Ohlsen trocken. »Tut mir leid, Kjell, das geht natürlich nicht gegen dich.«

Der Polizeipsychologe lächelte gezwungen.

»Also gut, dann solltet ihr Torkelsen mal umgehend auf den Zahn fühlen«, sagte die Dezernatsleiterin.

»Wird gemacht«, entgegnete Ohlsen und bedankte sich im Stillen bei Alexander für den guten Tipp.

Kapitel 20

Sie fuhren auf der E6 in Richtung Jessheim, wo Torkelsen angeblich auf einem heruntergewirtschafteten Bauernhof lebte. Frisch gefallener Schnee hatte die Landschaft mit einer dünnen weißen Decke überzogen. Jetzt blinkte erstmals die Sonne durch die Wolken und ließ die Schneeflächen grell aufleuchten. Wie auf Kommando griffen beide Kommissare zu ihren Sonnenbrillen.

»Man könnte glauben, wir fahren zusammen in den Skiurlaub«, sagte Ohlsen.

»Gott bewahre«, entgegnete Gustavsen. »Der einzige Sport, den ich mir unter Umständen vorstellen könnte, wäre Dart.«

»Hast du's schon mal versucht?«

»Ja, in einer Kneipe mit meinem Schwager. Aber die Scheibe war entschieden zu klein.«

»In fünfzig Metern rechts abbiegen«, sagte die Stimme des Navigationssystems.

Ohlsen setzte den Blinker und gehorchte. Sie hielten sich für ein paar Minuten auf einer schnurgeraden Landstraße, ehe sie erneut abbogen und über einen unebenen Feldweg rumpelten.

»Da vorne, das muss er sein«, sagte Ohlsen, als kurz darauf ein düsterer, mit grauen Schindeln gedeckter Bauernhof, der einsam und verlassen in der Landschaft stand, in den Blick kam. Dass der Hof schon lange nicht mehr bewirtschaftet wurde, sah man sofort. Die Zäune, die ihn von den umliegenden Weiden trennten, waren teils ramponiert, teils gar nicht mehr vorhanden. Aus der Wand eines Stalls waren einige Latten herausgebrochen. Ein klappriger Ford Fiesta stand auf dem Vorplatz. Ohlsen stellte seinen Volvo daneben ab.

Die beiden Polizeibeamten steckten ihre Sonnenbrillen ein und stiegen aus. Sie gingen zum Eingang und drückten auf die Klingel, die einen altersschwachen Laut von sich gab. Niemand öffnete. Zweiter Versuch. Absolute Stille. Gustavsen hielt sein Ohr an die Tür und lauschte. Dann schüttelte den Kopf. »Ich glaube, wir sind umsonst gekommen.«

»Abwarten«, sagte Ohlsen und ließ seinen Blick über den Hof schweifen.

Sie schlenderten zu einer verfallenen Scheune und zogen das knarrende Tor auf. Der muffige Geruch von verfaultem Stroh schlug ihnen entgegen. Ohlsen machte zwei Schritte in das Zwielicht hinein und wandte sich nach rechts, als sich plötzlich ein harter Gegenstand in seinen Rücken bohrte. Er wusste sofort, dass es ein Gewehrlauf war.

»Was wollt ihr hier?«, raunzte eine wohlbekannte raue Stimme.

»Mit Ihnen reden«, antwortete Ohlsen mit erzwungener Ruhe. »Nehmen Sie das Gewehr runter, Torkelsen, oder haben Sie Sehnsucht nach Ihrer Zelle?«

»Wer zum Teufel ...« Torkelsen schien zu ahnen, dass er einen Fehler gemacht hatte, und ließ die Schrotflinte sinken.

»Kripo Oslo.« Gustavsen zückte seinen Dienstausweis. »Sie erinnern sich doch bestimmt an Hauptkommissar Ohlsen.« Der Hauptkommissar drehte sich zu Torkelsen um, der ein paar Sekunden zu brauchen schien, um seine Erinnerung zu sortieren. Er kniff seine Augen zusammen, fuhr sich mit einer Hand über seinen stoppeligen Bart und öffnete ein wenig seine rissigen Lippen. »So sieht man sich wieder ...« Er nickte und stieß hörbar die Luft aus. »Sorry für den Empfang«, fuhr er ohne das geringste Anzeichen eines Bedauern fort, »aber man kann in dieser Gegend nicht vorsichtig genug sein.«

Sie traten ins Freie. Auch für Ohlsen, der den notorischen Brandstifter einst festgenommen hatte, war es das erste Wiedersehen nach vielen Jahren. Torkelsens misstrauische Schweinsäuglein hatten sich im Laufe der Zeit noch tiefer in ihre Höhlen verkrochen. Zwei senkrechte Furchen zerteilten sein Gesicht, an seinen Mundwinkeln schienen unsichtbare Gewichte zu hängen. Sein Teint sah gelblich und ungesund aus.

»Fühlen Sie sich etwa verfolgt?«, fragte der Hauptkommissar.

»Den Leuten in dieser Gegend gefällt es nicht, dass ich hier wohne. Besonders die jungen Kerle trauen sich was.« Er spuckte verächtlich aus. »Neulich haben die mir eine Scheibe eingeworfen.« Er zeigte auf ein Fenster im ersten Stock, das von einem Klebeband notdürftig zusammengehalten wurde. »Aber die sollen sich verdammt noch mal vorsehen.«

»Herr Torkelsen, können Sie uns sagen, wo Sie in der Nacht vom 4. zum 5. November waren?«

»In der Nacht?« Torkelsen lachte bitter auf. »Da war ich hier auf dem Hof, so wie jede Nacht. Oder glauben Sie etwa, ich gehe zum Kartenspielen ins Wirtshaus?«

»Kann das irgendjemand bezeugen?«

»Nein, verdammt! Was soll die Frage? Kommen Sie jetzt jedes Mal zu mir, wenn's irgendwo gebrannt hat?«

»Wie verbringen Sie Ihre Freizeit, wenn Sie nicht ins Wirtshaus gehen?«, erkundigte sich Gustavsen.

»Jedenfalls nicht mit Brandstiftung, wenn Sie das

meinen«, antwortete er grimmig. »Hab 'ne Therapie gemacht. Das kann ich Ihnen schriftlich geben.«

»Keine offenen Rechnungen mehr?«, fragte Ohlsen. »Niemand, auf den Sie wütend sind? Mit dem Sie noch ein Hühnchen zu rupfen haben? An dem Sie sich rächen wollen?«

Torkelsens Wangenmuskeln verkrampften sich. Er schüttelte den Kopf.

»Schade eigentlich«, fuhr Ohlsen mit harmloser Stimme fort, »dass nie herausgekommen ist, wer Sie damals verpfiffen hat.«

Hektische rote Flecken traten auf Torkelsens Gesicht, während sein Blick sich verfinsterte. Er sprach durch die Zähne: »Wenn ich das Schwein kriege, mach ich es fertig.«

»Könnten Sie ein bisschen lauter reden?«, bat Gustavsen höflich. »Ich verstehe Sie so schlecht.«

»Ich mach die platt, die Sau!«, brüllte Torkelsen. Seine Lippen bebten vor Wut, als er auf die beiden Polizisten zeigte. »Ihr habt kein Recht ...!«, schrie er, besann sich eines Besseren und wischte sich mit dem Ärmel seiner Jacke den Schweiß von der Stirn. »Ich habe meine Schuld abgebüßt«, sagte er mühsam beherrscht.

»Wir wollten Sie nicht provozieren«, versicherte Ohlsen. »Aber Sie sollten sich hüten, irgendwelche Drohungen auszustoßen.«

»Sie haben ja keine Ahnung!« Torkelsen spuckte erneut auf den Boden.

»Wovon haben wir keine Ahnung?«, fragte Gustavsen.

»Wie es ist, wenn man nichts mehr zu verlieren hat.«

Er warf dem Fragesteller einen verächtlichen Blick zu, ehe er wortlos in Richtung Haus stapfte. Ohlsen ließ ihn gewähren. Wie erwartet hatten sie von Torkelsen nicht viel Neues erfahren, doch eines war gewiss: Dieser Mann war eine tickende Zeitbombe.

Kapitel 21

Die Schultage waren eine einzige Qual. Am liebsten wäre er zu Hause geblieben. Doch wie sollte er das begründen? Schon am frühen Morgen fühlte er sich total ausgelaugt. Es kostete ihn all seine Energie, den Tag zu überstehen und sich nichts anmerken zu lassen.

Die Worte des Direktors, der gleich am Montagmorgen sämtliche Schüler in der Aula zusammengerufen hatte, begleiteten ihn auf Schritt und Tritt. Frydenlund hatte eine lange Rede gehalten. Und obwohl seine Stimme dumpf und seltsam verzerrt geklungen hatte – als wäre er unter Wasser und die Aula ein riesiges Aquarium –, konnte er sich an jedes einzelne seiner Worte erinnern: »Falls jemand von euch in den letzten Tagen eine Beobachtung gemacht hat, die mit dem Brand in Verbindung stehen könnte, dann bitte ich euch dringend, mir dies unter vier Augen mitzuteilen. Ich versichere euch, dass ich alle diesbezüglichen Informationen mit größter Vertraulichkeit behandeln werde. Ihr habt natürlich auch die Möglichkeit, dies in schriftlicher Form zu tun oder euch an unseren Vertrauenslehrer, Herrn Jagland, oder an unsere Schulpsychologin, Frau Paulsen, zu wenden.« Jagland und Paulsen waren aufgestanden und hatten ermunternd in die Runde genickt.

»Sollte aber jemand von euch persönliche Schuld auf sich geladen haben«, war der Direktor mit leicht schwankender Stimme fortgefahren, »dann möchte ich den- oder diejenige eindringlich bitten, sich jemandem anzuvertrauen und das eigene Gewissen zu erleichtern. Ich bin mir absolut sicher, dass niemand von euch irgendjemandem persönlichen Schaden zufügen wollte. Dass wir durch diesen Vorfall einen Toten zu beklagen haben, dessen Identität bisher nicht geklärt werden konnte, ist ein furchtbares Unglück, das uns alle erschüttert hat.« An dieser Stelle hatte Frydenlund seine Brille abgenommen und eine rhetorische Pause gemacht.

»Das Wissen, den Tod eines Menschen verursacht zu haben, ist eine enorme Last, mit der niemand alleingelassen werden sollte. Und ihr sollt wissen, dass ihr nicht allein seid, auch wenn ihr eine schreckliche Dummheit begangen haben solltet. Eine Dummheit, deren Folgen in dieser Tragweite nicht abzusehen waren. Im Zuge ihrer Ermittlungen wird die Kriminalpolizei vielleicht auch den einen oder anderen von euch befragen. Ich erwarte in diesem Zusammenhang selbstverständlich die größte Kooperationsbereitschaft von allen, um mitzuhelfen, diese Tragödie möglichst rasch aufzuklären.«

Das waren die Worte des Direktors gewesen. Vielleicht sollte er sie wirklich beherzigen und reinen Tisch machen. Sich die Sache ein für alle Mal von der Seele schaffen. Aber was würden die Folgen sein? War er schon alt genug, um ins Gefängnis zu kommen?

Vorgestern war er eine ganze Zeit um ein Polizeirevier herumgeschlichen. War drauf und dran gewesen, einfach hineinzugehen und alles zu gestehen. Aber im letzten Moment hatte er es sich anders überlegt. Aufgeschoben ist nicht aufgehoben.

Doch wenn er gehofft hatte, sich irgendwie an den Gedanken zu gewöhnen, dass ein Mensch seinetwegen zu Tode gekommen war, so hatte er sich getäuscht. Die Schuldgefühle nahmen nicht ab, sondern fraßen ihm regelrecht ein Loch in den Bauch. Höhlten ihn aus. Außerdem quälte es ihn, was seine Mutter würde durchmachen müssen, wenn er seine Schuld eingestand. Sie hatte es schon schwer genug. Nein, er konnte sich jetzt nicht stellen. Es musste eine andere Lösung geben.

Kapitel 22

Sie trafen sich in der *Kaffebrenneriet* an der Universitätsgata, wo sie weitgehend ungestört waren. Ihre Mitschüler besuchten normalerweise die Filialen der beliebten Cafékette, die näher an der Schule lagen. Magnus bestellte einen Cappuccino. Alexander schloss sich dem an.

Mit einer fahrigen Bewegung riss Magnus ein Tütchen Zucker auf und schüttete fast die Hälfte des Inhalts neben die Tasse. Dann beobachtete er mit angespannter Miene, wie die Zuckerkristalle allmählich im Milchschaum versanken. Er war ungewöhnlich blass um die Nase, und Alexander dachte, dass von seiner hochfahrenden, selbstgerechten Attitüde nicht viel übrig geblieben war. Magnus hatte ihn um dieses Treffen gebeten und natürlich hatte er ihm diese Bitte nicht abgeschlagen. Er konnte sich denken, worum es ging.

»Du musst mir helfen, Alex!«, sagte Magnus mit fast flehentlicher Stimme.

»Wie stellst du dir das vor?«

»Du musst deinen Vater irgendwie davon überzeugen, dass ich mit dem Brand nichts zu tun habe. Außer dir glaubt mir ja sowieso keiner«, fügte Magnus leise hinzu.

»Aber wie soll das gehen? Ich kann doch nicht im Nachhinein behaupten, dass wir die ganze Nacht zusammen vor dem Fernseher gesessen haben und du unmöglich auf dem Sportplatz gewesen sein kannst.«

Magnus schüttelte ratlos den Kopf und begann, eine Papierserviette zu zerrupfen.

Alexander wusste nicht, was er glauben sollte. Magnus tat ihm irgendwie leid. Andererseits hatte er keine Lust, sich von ihm manipulieren zu lassen. Deshalb wechselte er lieber das Thema.

»Und deine Eltern, sind die eigentlich noch da?«

Magnus trank einen Schluck und sah ihn über den Rand seiner dampfenden Tasse hinweg an. »Du meinst, ob die nicht längst wieder nach Spanien abgedampft sind?« Er lachte krampfhaft in sich hinein. »Du scheinst sie ja schon ziemlich gut zu kennen. Wundern würde mich gar nichts mehr.« Er stellte klirrend die Tasse ab und verursachte ein Fußbad auf der Untertasse. »Gibt ja auch eigentlich keinen Grund für sie, noch länger hierzubleiben. Abgesehen von der Tatsache, dass ihr Sohn mit einem Bein im Knast steht.«

Jetzt musste auch Alexander lachen. Doch er hörte sofort damit auf, als er sah, wie viel Mühe es Magnus kostete, nicht die Fassung zu verlieren. Er wirkte wie ein Dampfkessel, der kurz vor der Explosion stand. Auf der Tischplatte häuften sich die kleinen weißen Fetzen.

»Ich wollte nichts gegen deine …«

»Ist schon okay«, unterbrach ihn Magnus und ließ seinen Blick wachsam durch das Café schweifen. Außer ihrem Ecktisch waren nur wenige Plätze besetzt. Es bestand also keine Gefahr, dass ungebetene Zuhörer etwas von ihrem Gespräch aufschnappten. »Meiner Mutter geht's ziemlich übel mit ihrem Rheuma«, fuhr er nach einer Weile fort. »Die Wärme im Süden tut ihr gut, sagt sie. Aber eigentlich will sie immer nur weg, weil sie es zu Hause nicht aushält.«

»Seit wann hat sie das schon?«, erkundigte sich Alexander.

»Seit ein paar Jahren, aber es wird immer schlimmer. Und im Moment ist sie sowieso ziemlich durch den Wind. Ist ja auch kein Wunder. Erst ist dein Vater zu uns ins Haus gekommen, und dann hat sie auch noch einen Brief gekriegt, über den sie total erschrocken war.«

»Was für einen Brief?«

»Weiß nicht, sie wollte ihn mir nicht zeigen. Aber

ich hab genau gesehen, wie ihr beim Lesen die Kinnlade runtergeklappt ist.«

Alexander runzelte die Stirn. »Und dein Vater?«

»Der kümmert sich einen Scheißdreck!«, antwortete Magnus so aggressiv, dass Alexander zusammenzuckte. »Weder um sie noch um mich. Der hat sich immer nur für sich selbst interessiert.«

»Für eure Firma doch bestimmt auch, oder?«

»Ja, die Firma«, wiederholte Magnus spöttisch. »Die war immer sein Baby. Wichtiger als alles andere. Obwohl er inzwischen nur noch selten ins Büro geht. Gibt ja auch mehr als genug Leute, die alles für ihn erledigen.«

Alexander musste plötzlich an die Prügelei in der Schule denken. »Was Mathias damals gesagt hat, bevor du ihn verprügelt hast …«, begann er vorsichtig.

»Hm?«

»Dass dein Vater unschuldige Leute ins Gefängnis bringt. Kannst du dir vorstellen, wie er darauf gekommen ist?«

Magnus verschränkte die Hände hinter dem Kopf und starrte ins Leere. »Früher, ich war damals noch ziemlich klein, hat es mal einen Prozess um die Firma gegeben. Betrug oder so. Irgendjemand hat sich Geld, das der Firma gehörte, in die eigene Tasche gesteckt. Man hat ihn erwischt und er ist verurteilt worden und im Knast gelandet.«

»Du meinst, es könnte was damit zu tun haben?«

»Keine Ahnung. Das ist schon so lange her. Ich weiß nur, dass sich meine Eltern damals ständig gestritten haben und kurz vor der Scheidung standen. Leider ist nichts draus geworden. Wäre für meine Mutter echt besser gewesen … und für mich auch.«

»Und woher sollte Mathias davon wissen?«, fragte Alexander.

»Eben. Das sind doch alles alte Geschichten, die mit der Gegenwart nichts zu tun haben. Aus und vorbei … warum guckst du mich eigentlich so komisch an?«

»Mein Vater sagt immer, auf Dauer bleibt nichts verborgen«, sinnierte Alexander und kratzte mit dem Löffel den letzten Rest Milchschaum aus der Tasse.

»Schon möglich«, brummte Magnus. »Aber ich hoffe, es dauert nicht zwanzig Jahre, bis er herausfindet, wer den Schuppen abgefackelt hat. Ich war's nämlich nicht!«

Magnus schien im Laufe ihres Gesprächs seine alte Selbstsicherheit wiedergefunden zu haben. Seine Gesichtsfarbe hatte sich weitgehend normalisiert, und auch seine kräftigen Hände zitterten nicht mehr, als er die Papierfetzen zusammenschob und in den Aschenbecher beförderte.

»Wolltest du nie wissen, was damals wirklich passiert ist?«, fragte Alexander.

»Ich bin mir nicht so sicher, ob ich's wissen will«, antwortete Magnus nach längerem Nachdenken. »Das Thema ist bei uns tabu.«

»Hat dein Vater zu Hause eigentlich ein Büro?«

»Klar. Wieso fragst du?«

»Wir könnten ja mal gucken, ob wir dort irgendwelche Anhaltspunkte finden«, sagte Alexander mit unschuldiger Miene.

»Du willst im Büro meines Vaters herumschnüffeln?« Magnus schaute ihn mit einer Mischung aus Unglauben und Belustigung an. »Wenn er uns erwischt, können wir gleich unser Testament machen«, fügte er hinzu. »Außerdem verstehe ich nicht, was *mir* das bringen soll.«

»Das wird sich ja herausstellen«, entgegnete Alexander. Irgendwie sagt mir meine Nase, dass es da einen Zusammenhang geben könnte.«

»Deine Nase?«

»Genau, meine Nase. Und vielleicht finden wir bei der Gelegenheit ja auch zufällig diesen Brief, der deine Mutter neulich so erschreckt hat.«

Magnus warf Alexander einen langen Blick zu. »Warum willst du das tun?«

Alexander spitzte den Mund und dachte gut nach, doch ihm fiel keine überzeugende Antwort ein. Ihm war ein spontaner Verdacht durch den Kopf geschossen, viel zu vage, um ihn sogleich auszusprechen.

»Wer nicht sucht, kann auch nichts finden«, sagte er schließlich. »Und irgendwo müssen wir ja schließlich anfangen.«

Magnus beugte sich plötzlich weit über den Tisch. »Heißt das, du glaubst mir, dass ich unschuldig bin?« Er warf Alexander einen so glühenden Blick zu, dass dieser schon fürchtete, Magnus würde ihn jeden Moment am Kragen packen.

Alexander rutschte auf seinem Stuhl hin und her. »Ach, Magnus, ich weiß auch nicht, aber irgendwie ... ja, doch, ich glaube dir!«

Magnus stieß erleichtert die Luft aus und ließ sich auf seinen Stuhl zurücksinken. »Dann bin ich dabei!«

Kapitel 23

Sie hatten sich für den Samstagvormittag entschieden. Am Samstag genoss Magnus' Mutter ihren Wellness- und Beautytag, der sich bis in den frühen Abend hinziehen würde. Sein Vater war schon in aller Frühe mit ein paar Freunden zur Skihütte der Familie aufgebrochen, die etwa zwei Stunden von Oslo entfernt lag. Und Elin störte nicht im Geringsten.

Sie hatten sich noch einmal kurz über ihre Handys verständigt, ehe Alexander mit der Erklärung, er ginge in die Stadt, gegen elf von zu Hause aufbrach.

Sein Vater verstaute derweil seine Langlaufskier im Auto und freute sich schon wie ein Schneekönig über seine persönliche Eröffnung der diesjährigen Skisaison, die wie in jedem Jahr auf der Wintersportanlage am Holmenkollen stattfinden würde. »Und du willst wirklich nicht mitkommen, Alex?«

»Nein, nein, ich treff mich mit Freunden und geh vielleicht nachher noch ins Kino.«

Eigentlich hasste es Alexander, seinem Vater solch einen Bären aufzubinden, doch hier handelte es sich gewissermaßen um eine Notlüge. Es gab eben Momente, sagte er sich, in denen die Wahrheit äußerst ungelegen kam. Was etwas ganz anderes war als eine Lüge aus Überzeugung. Später einmal, wenn die Zeit reif sein würde, wollte er gern alles wahrheitsgetreu berichten.

Ein langes Hupen, ein kurzes Winken aus dem offenen Fahrerfenster, und schon rollte Hauptkommissar Ohlsen seinem eigenen Wellnesstag entgegen.

★ ★ ★

Etwa eine halbe Stunde später öffnete sich das breite Eingangstor der Granbergschen Villa, noch ehe Alexander Gelegenheit bekam, auf den Klingelknopf zu drücken. Magnus musste ihn bereits auf den Überwachungsmonitoren ins Visier genommen haben. Einmal mehr wunderte er sich darüber, dass sich der Gesichtsausdruck der steinernen Löwen der jeweiligen Situation anzupassen schien. Heute sahen die beiden Raubkatzen so aus, als könnte sie kein Wässerchen trüben. *Wir sehen nichts und hören nichts*, schienen sie ihm mitzuteilen. Alexander warf ihnen einen verschwörerischen Blick zu, bevor er die inzwischen vertraute Natursteintreppe emporstieg.

»Komm rein!« Magnus winkte ihn hektisch über die Schwelle. Die Anspannung stand ihm ins Gesicht geschrieben. Mit einem Anflug von Enttäuschung fragte sich Alexander, ob Elin vielleicht ebenfalls das Haus verlassen hatte, doch seine Sorge erwies sich als unbegründet.

»Elin weiß Bescheid«, sagte Magnus. »Die lässt uns in Ruhe arbeiten und passt auf, dass wir nicht doch von unerwünschtem Besuch überrascht werden.«

»Hast du ihr etwa erzählt, was wir vorhaben?«, fragte Alexander verwundert.

»Ich hab ihr nur gesagt, dass wir im Büro meines Vaters zu tun hätten und nicht gestört werden wollen. Keine Sorge, auf Elin ist hundertprozentig Verlass.«

Magnus führte Alexander in einen Trakt der Villa, der diesem völlig neu war. Schließlich gelangten sie in einen halbrunden Raum, dessen große, von schweren Vorhängen gesäumte Fensterfront zum Garten hinausging. In der Mitte stand ein wuchtiger Schreibtisch aus dunklem Holz. Vor den Wänden türmten sich Bücherregale und Aktenschränke. Alexander fühlte sich sofort ans Oval Office, das Büro des amerikanischen Präsidenten, erinnert. Nur die amerikanische Fahne fehlte. Allerdings sah dieses Büro nicht so aus, als würde in ihm gearbeitet werden. Die Schreibtischplatte war nichts als eine glattpolierte leere Fläche, auf der ein Flachbildschirm und eine Computertastatur ein einsames Dasein fristeten. Ansonsten wirkte hier alles so staub- und keimfrei wie im Rest des Hauses, von Magnus' Zimmern einmal abgesehen. Auch war Alexander sofort aufgefallen, dass dieses Büro, im Gegensatz zu den anderen Räumen, völlig geruchsneutral war. Vermutlich, weil hier schon lange niemand mehr einen der patentierten Duftstaubsauger angeworfen hatte, die aus Magnus' Vater, dem ehemaligen Klempner, einen reichen Mann gemacht hatten.

Mit ungläubigem Kopfschütteln ließ Alexander seinen Blick durch das protzige Arbeitszimmer schweifen. »Dein Vater leidet ja nicht gerade unter falscher Bescheidenheit.«

»Mein Vater hat 'nen Knall!«, entgegnete Magnus. »Also, wo sollen wir anfangen?«

»Wir sollten zunächst mal gucken, ob wir in irgendwelchen Aktenordnern Unterlagen zu dem Prozess finden, den deine Eltern damals geführt haben. Wenn uns das nicht weiterbringt, können wir uns ja dem Computer deines Vaters zuwenden. Du kennst nicht zufällig das Passwort zu seinem E-Mail-Account?«

»Nee, aber ich hätte da ein paar Ideen. Sehr fantasievoll ist er nämlich nicht gerade.«

Sie gingen ein wenig unschlüssig an den dunkelbraunen raumhohen Holzregalen entlang. Um die oberen Etagen zu erreichen, stand eine Leiter zur Verfügung, die sich, wie in manchen Bibliotheken, an den Regalen entlangschieben ließ. Alexander studierte die Buchrücken der Gesamtausgaben, die offenbar angeschafft worden waren, um möglichst viel Regalplatz einzunehmen: Neben großen Lexikonreihen wie der *Encyclopaedia Britannica* entdeckte er verschiedene Wörterbücher und Atlanten, historische und medizinische Nachschlagewerke sowie technische Handbücher, eine mehrbändige Kulturgeschichte der Welt, eine zwölfbändige Reihe großer Denker und Erfinder, die Geschichte der skandinavischen Literatur vom Mittelalter bis zur Neuzeit sowie ein monumentales Philosophielexikon, dessen in Leder gebundene Bände gleich mehrere Meter in Anspruch nahmen.

»Und das hat dein Vater alles gelesen?«, fragte Alexander ironisch.

»Sehr witzig. Das Einzige, was mein Vater liest, sind die Börsenkurse und der Sportteil der Zeitung«, antwortete Magnus. »Lass uns mal die Unterlagen da drüben anschauen.« Er ging zu einem Regal an der Schmalseite des Büros, in dem identisch aussehende Aktenordner, die mit Straßennamen und Jahreszahlen beschriftet waren, in Reih und Glied standen. Er zog ein paar von ihnen heraus, trug sie zum Schreibtisch und klappte sie auf.

Alexander las laut: »Mietrückstände ... Nebenkostenabrechnung, hm ...« Er blätterte weiter. »Reparaturkosten der Hausverwaltung ... Das müssen irgendwelche Immobilien von euch sein, ich glaube, die bringen uns nicht weiter.« Er öffnete die nächsten Ordner. Auch hier dasselbe Bild. Magnus klappte sie wieder zu und stellte die Ordner ins Regal zurück.

Inzwischen war Alexander dazu übergegangen, einige Aktenschränke aus Metall zu inspizieren. »Hier ist noch mehr Papierkram«, sagte er und zog eine Hängeregistratur heraus. Mit wieselflinken Händen durchforstete er den Inhalt mehrerer gelber Hängemappen.

»Und?«, fragte Magnus, der sich sein Sweatshirt über den Kopf zog und es auf den Boden fallen ließ.

»Frag mich nicht, was das hier für Zeug ist.« Alexander schob die Registratur wieder in den Schrank hinein und ruckelte an der nächsten Schublade, die sich nicht öffnen wollte. »Abgeschlossen«, stellte er fest.

Sie warfen sich einen vielsagenden Blick zu. »Wozu schließt man wohl einen Aktenschrank ab?«, fragte Alexander mit gehobenen Brauen.

»Damit so neugierige Jungs wie wir keine Chance haben, an den Inhalt heranzukommen«, antwortete Magnus.

»Du sagst es. Fragt sich nur, wo der Schlüssel ist.«

Mit zwei schnellen Schritten war Magnus beim Schreibtisch, ließ sich auf den hohen, mit schwarzem

Leder bezogenen Drehstuhl plumpsen und zog eine der Schubladen auf, die sich zu beiden Seiten unterhalb der Tischplatte befanden.

Vorsichtig, um kein Chaos anzurichten, das später das Misstrauen seines Vaters wecken konnte, hob er behutsam ein paar Papiere an und ließen sie wieder sinken. Dann schob er einen Locher zur Seite und strich vorsichtig an den glatten Innenseiten der Schublade entlang. Alexander stand hinter ihm und knetete seine Unterlippe, während er alles gespannt beobachtete.

Magnus schüttelte den Kopf und wandte sich der nächsten Schublade zu.

»Kann ich euch irgendwie helfen?« Die Stimme traf sie wie ein Schlag in den Rücken.

Alexander spürte einen Stromstoß durch sich hindurchgehen, der sein Herz einen Schlag aussetzen ließ. Magnus stieß vor Schreck einen dumpfen Schrei aus und knallte die Schublade zu.

Wie von der Tarantel gestochen, fuhren sie herum.

»Aber, aber«, sagte Elin und kam lächelnd auf sie zu. Sie trug eine cremefarbene Wildlederhose und ein enges schwarzes Top. Alexander schoss sofort durch den Kopf, dass sie attraktiver aussah als je zuvor.

»Sag mal, spinnst du, Elin, uns so zu erschrecken?« Magnus war aufgesprungen und fuchtelte verärgert mit den Armen, während sein Kopf knallrot angelaufen war.

»Ach, habe ich euch erschreckt? Das wollte ich nicht.« Sie machte ein betrübtes Gesicht und strich Magnus kurz über seine dunklen Locken, als wäre er ein kleines Kind.

»Mensch, lass das doch!« Er schüttelte unwillig den Kopf.

»Ich wollte nur fragen, ob ich euch eine Erfrischung bringen soll?«, flötete sie mit ihrer hellen Stimme. »Außerdem ist mir langweilig.«

Magnus stöhnte auf. »Wenn dir langweilig ist, dann hol uns ins Gottes Namen eine Erfrischung. Ansonsten wären wir hochzufrieden, wenn du darauf verzichten würdest, uns zu Tode zu erschrecken.«

»Mit Vergnügen!«, entgegnete sie, machte einen kleinen Knicks und spazierte aus dem Zimmer.

Nachdem sich ihr Puls wieder der Normalität näherte und sie den Schweiß getrocknet hatten, der ihnen aus allen Poren geschossen war, nahmen Magnus und Alexander ihre Suche wieder auf. Sie öffneten eine Schublade nach der anderen, spähten in jeden Winkel und ertasteten die kleinsten Unebenheiten. Als sie schon fast die Flinte ins Korn werfen wollten, spürte Magnus unter seinen Fingern einen flachen, harten Gegenstand, der sich in einem Briefumschlag befand. Er legte das Kuvert auf die Tischplatte und löste mit vorsichtigen Bewegungen die Verschlussklappe. Es war einer dieser selbstklebenden Umschläge, die sich von allein verschlossen, wenn man nicht aufpasste. Im nächsten Moment hielt Magnus einen kleinen silbernen Metallschlüssel in der Hand. »Willst du's versuchen?«

Alexander ließ sich den Schlüssel in die offene Hand legen. Er fühlte sich kalt und glatt an.

Gespannt ging Alexander zum Aktenschrank, steckte den Schlüssel in den Schlitz und drehte ihn einmal herum. Das Schloss leistete nicht den geringsten Widerstand. »Sesam, öffne dich!«, flüsterte er und zog die Lade auf.

Auch hier handelte es sich um eine Hängeregistratur, deren Mappen am oberen Rand beschriftet waren. Magnus kniete sich neben Alexander und ließ sie durch seine Finger wandern. Hielt inne und pfiff durch die Zähne. Dann hob er nacheinander drei graue Mappen heraus, auf die jemand mit dickem schwarzen Filzstift »Prozess« geschrieben hatte.

»Nicht erschrecken, nicht erschrecken«, zwitscherte Elin, die offenbar vor der offenen Bürotür stehen geblieben war.

»Ist schon okay«, rief Magnus.

Sie kam herein, stellte kommentarlos zwei Flaschen Cola auf den Schreibtisch und tänzelte wieder hinaus.

»Wir dürfen auf keinen Fall die Reihenfolge der Unterlagen durcheinanderbringen«, mahnte Magnus und zog mit einem Schwung sämtliche Unterlagen der oben liegenden Mappe heraus. Sie überflogen die ersten Seiten, die offenbar zu einem Briefwechsel zwischen Magnus' Vater und seinem Anwalt gehörten. Doch aus den Einzelheiten wurden sie nicht recht schlau.

»Ich weiß nicht, ob das was bringt«, sagte Alexander nach einer Weile. »Das sind viel zu viele Papiere. Außerdem ist der Inhalt so kompliziert, dass wir ihn gar nicht auf Anhieb verstehen können.«

Magnus nickte seufzend.

»Habt ihr einen Kopierer?«

»Ja, im Nebenzimmer. Du meinst …?«

»Klar, wenn wir das ganze Material hier kopieren, dann können wir es uns später in Ruhe ansehen und brauchen nicht ein weiteres Mal im Büro deines Vaters rumzuschnüffeln.«

»Gute Idee. Hab sowieso ein mulmiges Gefühl. Wenn mein Vater das rauskriegt, sind wir echt am Arsch.«

★ ★ ★

Eine knappe Stunde später war ihr Werk vollbracht. Aus Angst, womöglich einen Papierstau zu verursachen, hatten sie jedes Blatt einzeln auf die Glasplatte gelegt. Erschöpft schob Magnus die letzten Unterlagen wieder an ihren angestammten Platz, als sie aus der Ferne eine helle Stimme vernahmen.

Alexander stutzte. »Hört sich an wie Elin, aber warum spricht sie mit sich selbst?«

Magnus brauchte nur eine Sekunde, bis sein inneres Alarmsystem ansprang. »Scheiße!«, stieß er aus.

»Was ist?«

»Die spricht absichtlich so laut, weil sie nicht allein ist.«

Hektisch klemmte er sich die drei Mappen unter den Arm und hastete ins Büro zurück, wo die Lade des Aktenschranks immer noch offen stand. Alexander raffte die Kopien an sich, blieb auf der Schwelle stehen und behielt den Flur im Auge. Elins aufgeregtes Plappern wurde lauter, und jetzt hörte er auch eine zweite, tiefere Stimme, die ganz offenbar von einem Mann stammte. Es gehörte nicht viel Fantasie dazu, sich auszumalen, wer dieser Mann war.

»Beeil dich!«, raunte er Magnus zu. Der wollte in Windeseile die Mappen wieder einhängen, dabei rutschte ihm eine aus der Hand und klatschte auf den Boden. Ein paar Blätter schossen über den Teppich. Er riss sie an sich, zerknüllte sie dabei und stopfte sie zwischen die Pappdeckel zurück. Für Sorgfalt blieb keine Zeit. Irgendwie quetschte er die Mappen in den Schrank hinein, warf die Lade zu und drehte den Schlüssel.

Alexander fühlte sich hilflos und hellwach zugleich. Seine Blicke flitzten panisch zwischen dem Oval Office und dem langen Flur hin und her, während ihm eine ganze Horde von Ameisen über den Rücken zu krabbeln schien. Irgendwo schlug eine Tür. Er hörte Elins klackende Absätze und ihr perlendes, übertrieben lautes Lachen. Das Trampeln schwerer Schritte. Jeden Moment mussten zwei Personen um die Ecke biegen.

Magnus warf den Umschlag mit dem Schlüssel in die erstbeste Schublade, klaubte im Laufen sein Sweatshirt vom Boden auf und rannte Alexander, der immer noch auf der Schwelle stand, fast über den Haufen. Ehe sie gemeinsam zum Kopierer stolperten, sah Alexander aus dem Augenwinkel heraus, dass der Bürostuhl eine halbe Drehung gemacht hatte und dem Schreibtisch nun seine Rückenlehne zukehrte. Außerdem stand eine Schublade halb offen. Vermutlich hatte sie Magnus so hart zugeknallt, dass sie sogleich wieder aufgesprungen war. Keuchend lehnten sie sich an den Kopierer, der immer noch eingeschaltet war, und versuchten, ihre Atmung unter Kontrolle zu bringen. Die leeren Colaflaschen standen unschuldig auf der Fensterbank.

Die Stimmen auf dem Flur waren jetzt so laut, dass sie jedes Wort verstehen konnten. »Ich begreife einfach nicht, wie ich den vergessen konnte.«

»Aber den Schlüssel kann *ich* doch für Sie holen, Herr Granberg.«

Ein mittelgroßer Mann mit grauer Skijacke, die perfekt zu seinen grau melierten Haaren passte, erschien im Türrahmen und drehte sich erstaunt zu ihnen um.

»Magnus?«

»Hallo, Papa!«, krächzte Magnus heiser.

Ole Granberg kräuselte die Stirn und warf Alexander, der sich die Kopien krampfhaft gegen die Brust drückte, einen fragenden Blick zu. »Und du bist …?«

»Alexander Ohlsen. Magnus und ich gehen in eine Klasse.« Aus Angst, die Kopien fallen zu lassen, verzichtete Alexander darauf, Magnus' Vater die Hand zu geben. Dieser musterte ihn aufmerksam. Alexander sah ihm förmlich an, wie es hinter seiner zerknitterten Stirn arbeitete. Sein ganzes Gesicht sah seltsam faltig und zerknautscht aus, wie bei manchen Hunderassen, die zu viel Haut für ihren Körper besaßen. »Wir … äh … bereiten ein Referat für die Schule vor«, sagte Alexander.

»Deshalb mussten wir auch ein paar Kopien machen«, ergänzte Magnus.

»Ihr scheint ja mehrere Bücher kopiert zu haben«, entgegnete Ole Granberg mit Blick auf den dicken Papierstapel, den Alexander mit beiden Armen umfasst hielt. Er trat einen Schritt vor und ließ seinen

Blick durch den Kopierraum wandern. »Allerdings sehe ich hier keine Bücher.«

»Die hab ich schon wieder weggebracht«, erklärte Elin geistesgegenwärtig und spazierte schnurstracks ins Oval Office hinein.

»Elin, was soll denn das? Du weißt doch gar nicht, wo der Schlüssel ist«, sagte Ole Granberg ungehalten. Er drehte sich um und stapfte hinter ihr her. Doch noch ehe er den ersten Blick in sein Büro werfen konnte, hatte sie bereits mit einer beiläufigen Bewegung den Schreibtischstuhl herumgedreht und mit dem Knie die Schublade zugeschoben. »Wenn Sie mir sagen, wo der Schlüssel zu Ihrer Hütte ist, dann hole ich ihn gern«, zwitscherte sie und ging auf ihn zu.

»Nein, nein.« Ole Granberg steuerte eine antike Kommode an, klappte die Türen auf und ging in die Hocke. »Hier muss er doch irgendwo ... ach ja.« Er zog einen klirrenden Schlüsselbund heraus. »Das ist wirklich das erste Mal, dass ich den Schlüssel zur Hütte vergessen habe.« Er schüttelte den Kopf und schien kurz in Gedanken zu sein. »Ich muss dann mal wieder, die anderen warten schon.« Ohne Elin, geschweige denn seinen Sohn und dessen Gast, eines weiteren Blickes zu würdigen, eilte er mit großen Schritten davon.

Mit zitternden Händen legte Alexander die Blätter auf dem Kopierer ab. Als die Schritte des Hausherrn verklungen waren, ließ sich Magnus erschöpft zu Boden sinken und schloss die Augen. »Scheiße, scheiße, scheiße«, stöhnte er.

»Meinst du, er hat was gemerkt?«, fragte Alexander.

»Glaub nicht. Aber nimm die Kopien lieber mit nach Hause. Ich will die hier nicht rumliegen haben.«

»Muss sich ja um ein sehr wichtiges Referat handeln«, sagte Elin mit unschuldiger Miene. »Wünschen die Herren noch eine Erfrischung?«

Kapitel 24

»Und wer ist jetzt noch mal Giovanni?«, fragte Ohlsen, dem von all den Geschichten und Anekdoten, die seine Frau erzählte, schon der Kopf schwirrte.

»Na, der Leiter des Instituts in Syrakus«, antwortete Katja, deren Haut einen frischen sommerlichen Teint angenommen hatte.

»Und Maria?«

»Seine Frau.«

»Ich dachte, Maria ist die Frau von Enzo.«

»Aber nein, doch nicht diese Maria. Die Maria, die du meinst, arbeitet in der kleinen Trattoria.«

»Der Trattoria am Hafen?«

»Der Trattoria, die gleich beim Dom um die Ecke liegt.«

»Ich glaub, jetzt ich hab den Faden verloren.«

»Wo es diese fantastischen Spaghetti mit Meeresfrüchten gibt …«

Dieses Geplänkel zog sich jetzt schon eine Zeitlang hin. Schließlich entschuldigte sich Alexander und verschwand unter dem Vorwand, er habe noch für die Schule zu arbeiten, in seinem Zimmer. Eine lausige Notlüge, die von seinen Eltern dennoch mit größtem Verständnis zur Kenntnis genommen wurde. Zu arbeiten hatte er tatsächlich, wenn auch nicht für die Schule.

Er spielte kurz mit dem Gedanken, die Tür abzuschließen, aber das wäre dann doch zu auffällig gewesen. Außerdem konnte er ziemlich sicher sein, dass seine Eltern an ihrem ersten gemeinsamen Abend seit zwölf Wochen Besseres zu tun hatten, als nachzusehen, ob ihr halbwüchsiger Sohn nicht heimlich in der Nase bohrte.

Er setzte sich an seinen Schreibtisch und begann zunächst damit, sich einen Überblick über das vorhandene Material zu verschaffen. Bei einem Großteil der Kopien handelte es sich um einen Schriftwechsel aus dem Jahr 2004 zwischen Magnus' Vater und einem Anwalt namens Borgen, dessen Kanzlei am noblen Parkveien lag. Zu den übrigen Unterlagen gehörten Mitteilungen des Gerichts, Kostenrechnungen, Kopien von Kontoauszügen, einige handschriftliche Notizen, die vermutlich von Granbergs Sekretärin stammten, und auch manche Papiere, die Alexander nicht richtig einordnen konnte.

Es war ein mühseliges Unterfangen, sich durch diesen Wust hindurchzuarbeiten, und das bürokratische Kauderwelsch des Anwalts machte es umso schwerer, den Sinn des Ganzen zu erfassen. Immerhin drückte sich Ole Granberg weitaus weniger geschwollen und umständlich aus als sein Anwalt, also konzentrierte sich Alexander erst einmal darauf, was dieser zu Papier gebracht hatte. Auffällig oft ging es dabei um einen Mann namens Karl Enger, der »meiner Firma schwer geschadet hat«, wie Granberg an einer Stelle schrieb, ehe er fortfuhr: »Dass Enger sich zu so etwas hinreißen lässt, hätte ich nie für möglich gehalten.« Weiter unten stieß Alexander auf folgende Textstelle: »Also bitte ich Sie dringend, alles Ihnen Mögliche zu unternehmen, damit mein persönlicher Ruf durch die kriminellen Machenschaften des Herrn Enger keinen Schaden erleidet und die Firma, die mein Lebenswerk ist, gerettet wird.«

Was mit den »kriminellen Machenschaften« gemeint war, blieb unklar. Alexander überflog die nächsten Briefe, die ihn jedoch auch nicht wesentlich klüger machten. Er dachte kurz nach und schaltete seinen Laptop ein. *Vacufresh* war eine bekannte Firma. Wenn es damals einen Prozess gegeben hatte, bei dem jemand verurteilt worden war, musste darüber doch etwas im Internet zu finden sein. Er googelte die Schlagwörter *Vacufresh* und *Prozess* und wurde mit 53 Treffern belohnt. Er klickte einen Artikel des *Dag-*

bladet an, der mit »Buchhalter zu mehrjähriger Haftstrafe verurteilt« betitelt war. Nachdem die Seite sich aufgebaut hatte, sprang ihm sofort ein Foto von Ole Granberg entgegen, dessen Gesicht nicht weniger zerknittert aussah als heute. Er stand im Blitzlichtgewitter und streckte in einer Siegerpose beide Arme nach oben, als wäre er ein Boxer, der soeben einen wichtigen Kampf für sich entschieden hatte. Unter dem Foto stand: *Firmengründer Ole Granberg nach der Urteilsverkündung*.

Alexander scrollte nach unten und bewegte beim Lesen nahezu lautlos die Lippen: »*Am 4. Oktober 2004 wurde ein Mitarbeiter der Buchhaltung wegen Steuerhinterziehung und Veruntreuung von Firmengeldern zu einer vierjährigen Haftstrafe ohne Bewährung verurteilt. Das Gericht sah es als erwiesen an, dass der Angeklagte über einen längeren Zeitraum hinweg Firmengelder ins Ausland verbrachte, um sie dem Zugriff der norwegischen Steuerbehörden zu entziehen. Dass er sich darüber hinaus an diesen Geldern persönlich bereicherte, so der Richter bei der Urteilsverkündung, sei ein Ausdruck von persönlicher Habgier, was sich im Strafmaß widerspiegele. Der Anwalt des Verurteilten kündigte an, in Revision zu gehen.*«

Alexander lehnte sich zurück und dachte über die Sache nach. Bei dem Verurteilten musste es sich um diesen Karl Enger handeln. Er wollte Magnus gleich morgen fragen, ob ihm der Name etwas sagte.

Er tippte den Namen Karl Enger ins Suchfenster

ein und klickte auf *Bilder*. Doch die Vielzahl der Fotos, darunter ein Meerschweinchen und eine Schildkröte, zeigte ihm, dass es offenbar viele Personen gab, die diesen Namen trugen.

Aus dem Esszimmer drangen das Klappern von Besteck und das fröhliche Lachen seiner Eltern, die ihre Kommunikationsprobleme anscheinend beigelegt hatten. Gut so, dachte er, schloss die Computerdatei und ging auf die Toilette.

Als er kurz darauf wieder in sein Zimmer kam, schrak er zusammen. Sein Vater stand an seinem Schreibtisch und musterte stirnrunzelnd die Kopien, die sich darauf häuften. Einen Teller mit rohem Schinken und Melonenstücken hatte er daneben abgestellt.

Er drehte sich zu ihm um und zog die buschigen Brauen zusammen. »Kannst du mir sagen, was das hier zu bedeuten hat?«

»Ich … äh …« Alexander durchforstete sein Hirn fieberhaft nach einer Ausrede, wusste aber zugleich, dass dies völlig zwecklos war.

»Wo hast du das her?« Plötzlich klang die Stimme seines Vaters so streng und unnachgiebig wie die eines Vernehmungsleiters, der einen Verdächtigen in die Ecke trieb. Alexander hätte sich nicht gewundert, wenn er ihn mit der Schreibtischlampe geblendet hätte.

»Von Magnus«, antwortete er leise, was so ziemlich der Wahrheit entsprach. Alexander hisste die weiße Fahne und setzte auf Kooperation, wie es vermutlich auch jeder andere Übeltäter in seiner Situation getan hätte.

»Alexander …« Sein Vater atmete tief durch. »Als ich neulich gesagt habe, dass wir zusammen ermitteln, hieß das, dass ich unter gewissen Umständen bereit bin, die eine oder andere Information mit dir zu teilen.«

Alexander nickte stumm.

»Es war aber keinesfalls als Auftrag zu verstehen, auf eigene Faust zu recherchieren. Wie ich sehe, beschäftigst du dich mit dem Prozess, den Magnus' Vater seinerzeit gegen einen Angestellten wegen Steuerhinterziehung und Veruntreuung geführt hat. Wenn dich diese Sache so interessiert, dann hättest du auch einfach mich danach fragen können. Ich weiß nämlich so ziemlich alles über den Fall.«

»Das sind doch nur Kopien …«, begann Alexander, wurde aber sofort unterbrochen.

»Das sehe ich, und wenn ich mir vorstelle, wie du an die herangekommen bist, dreht sich mir der Magen um. Ist dir überhaupt klar, was du damit für ein Risiko eingehst? Ist dir klar, was das für mich bedeuten kann, wenn irgendjemand davon erfährt, dass mein Sohn Privatermittlungen führt und sich in den Besitz vertraulicher Dokumente bringt?«

Alexander war den Tränen nahe. Seinen Vater in Schwierigkeiten zu bringen, war das Letzte, was er wollte. Sollte er ihm von seinem Verdacht erzählen? Von der Bemerkung, die ihm wieder eingefallen war, als er mit Magnus im Café gesessen hatte? Doch irgendetwas hielt ihn zurück.

»Herrgott, Alexander, so eine Anwaltskorrespondenz ist absolute Privatsache! Es muss schon ein begründeter Anfangsverdacht vorliegen, ehe ich selbst Einsicht in solche Unterlagen erhalte.«

In diesem Moment spazierte Katja Ohlsen in den Raum. »Ich dachte, du wolltest Alex nur was zu essen bringen; Nils. Habt ihr euch etwa gestritten?«

Alexander bekam keinen Ton heraus. Er freute sich so darüber, dass seine Mutter wieder da war, doch im Moment war diese Freude wie weggeblasen.

»Nein, nein«, antworte Ohlsen rasch. »Das ist nur eine kleine Diskussion …«, ihm lag das Wort »unter Ermittlern« auf der Zunge, »… zwischen Vater und Sohn. Ich bin sofort wieder bei dir, mein Schatz.«

»Du solltest den Jungen nicht zu lange bei den Hausaufgaben stören«, entgegnete sie, warf Alexander einen mitfühlenden Blick zu und verließ sein Zimmer.

Für eine Weile sahen sie sich schweigend an, ehe Ohlsen den Faden wieder aufnahm. Seine Stimme war nun leise und eindringlich. »Dass du dir Zugang zu privaten Unterlagen verschafft hast, ist das eine.

Dass du dich aus falsch verstandener Solidarität mit einem Mitschüler völlig verrennst, das andere. Also lass dir gesagt sein, was ich auch jedem unerfahrenen jungen Polizisten sagen würde: Die Wahrheit ist meist viel weniger kompliziert, als es den Anschein hat. Oft genügt es, zwei und zwei zusammenzuzählen und sich nicht ablenken zu lassen. Wer sich aber verzettelt und in sinnlose Recherchen verstrickt, sieht den Wald vor lauter Bäumen nicht mehr. Und vor allem: Lass dich nie von einem Verdächtigen manipulieren und vor seinen Karren spannen!«

Alexander nickte schuldbewusst, obwohl er sich nicht im Mindesten manipuliert fühlte. Natürlich dachte er nicht im Traum daran, seinem Vater zu beichten, dass er Magnus regelrecht dazu gedrängt hatte, im Arbeitszimmer seines Vaters herumzuschnüffeln.

»Soll ich die Kopien zu Magnus zurückbringen?«, fragte er kleinlaut.

»Auf gar keinen Fall«, antwortete sein Vater blitzschnell. »Die sind von der Kriminalpolizei Oslo offiziell beschlagnahmt.« Mit diesen Worten schob er die Kopien zu einem Haufen zusammen, faltetet diesen in der Mitte und trug ihn aus dem Zimmer.

Kapitel 25

Franziska fühlte sich wie vor den Kopf gestoßen. Da hatte sie mit Alexander erst vor wenigen Tagen einen wunderschönen Nachmittag verbracht, war mit ihm – nur mit ihm! – stundenlang lang durch die Stadt gestreift, um Weihnachtseinkäufe zu erledigen, und jetzt ließ er sie auf dem Schulhof einfach stehen, als wäre sie nicht mehr als eine x-beliebige Bekanntschaft. Um sich *wem* zuzuwenden? Das war das Schlimmste!

Die Sache mit den Weihnachsteinkäufen war ihr Vorschlag gewesen, auf den Alexander mit einem »Warum nicht?« reagiert hatte. Da Franziska schon länger den Verdacht hatte, dass Alexander dazu neigte, seine wahren Gefühle hinter einer freundlich diplomatischen Fassade zu verbergen, hatte sie die Antwort mit »Ja, gern!« übersetzt. Ihn von seinen Freunden loszueisen, war leichter gewesen als erwartet. Sie hatte einfach die richtige Gelegenheit abgepasst, um ihn rasch mit sich fortzuziehen und in die nächste Straßenbahn zu bugsieren, die just in diesem Moment ihre Türen geöffnet hatte. Und nur Sekunden später waren sie gemeinsam in Richtung Innenstadt gezuckelt.

Dort waren sie gemütlich durch die weihnachtlich dekorierten Straßen geschlendert, während dicke Schneeflocken vom Himmel segelten und sich in ihren Haaren verfingen. Franziska war sich fast wie in einem dieser kitschigen Weihnachtsfilme vorgekommen, die derzeit ständig im Fernsehen liefen. In einem Schaufenster zeigte sie ihm einen wunderschönen Schlüsselanhänger, der aus kleinen silbernen Elchen bestand. Den hätte sie sich zu gern selbst gekauft, doch daraus wurde leider nichts. Sie stellten nämlich rasch fest, dass sie beide kein Geld dabeihatten, worüber sie ausgiebig lachen mussten. Alexander sagte schmunzelnd, dass sie bestimmt die einzigen Menschen in ganz Oslo waren, die mit leeren Taschen zum großen Weihnachtsshopping aufbrachen. Nichtsdestoweniger sahen sie sich schon einmal um, was für ihre Familienmitglieder denn infrage käme. Da Franziska für ihre Mutter an Mütze und Handschuhe dachte, stellte sich Alexander spontan als Mützenmodel zur Verfügung, setzte sich verschiedene Modelle auf den Kopf und schnitt dazu lustige Grimassen. Danach stöberten sie in der Kochbuchabteilung eines Kaufhauses, weil er meinte, dass sich seine Mutter in Erinnerung an ihren Sizilienaufenthalt über italienische Rezepte bestimmt sehr freuen würde.

Gegen Abend war es empfindlich kalt geworden. Und da sie ja kein Geld bei sich hatten, um ihre Hände an einer Tasse Kakao zu wärmen, hatte Alexander ihre Hände kurzerhand in seine genommen und sie warm gerieben.

Daran musste Franziska jetzt denken, was nichts Besonderes war, weil sie seit diesem Moment quasi an nichts anderes gedacht hatte: wie sich seine Hände, die überraschend warm und weich gewesen waren, um ihre geschlossen hatten.

Und jetzt ließ er sie auf dem Schulhof stehen, um sich *wem* zuzuwenden? Magnus! Franziska verstand die Welt nicht mehr.

★ ★ ★

»Und dein Vater hat alle Kopien einfach einkassiert?« Magnus schaute ihn geschockt an. »Ach, du Scheiße!«

»Ja, tut mir leid«, entgegnete Alexander mit betretener Miene »Dabei hab ich die echt nur ganz kurz auf meinem Schreibtisch liegen lassen.«

»Der wird doch wohl nicht …?« Magnus' Augen weiteten sich erschrocken.

»Kontakt zu deinem Vater aufnehmen? Nein, da

kannst du ganz beruhigt sein. Ich musste ihm allerdings hoch und heilig versprechen, dass ich nicht mehr auf eigene Faust ermittle.«

»Glaubt er denn immer noch, dass ich den Schuppen in Brand gesteckt habe?«

Alexander zuckte die Schultern. »Was er glaubt, spielt doch eigentlich keine Rolle«, entgegnete er ausweichend. »Entscheidend ist einzig und allein, dass man dem Täter seine Schuld auch nachweisen kann. Neulich hat er zu mir gesagt, dass die meisten Brandstiftungen nie aufgeklärt werden. Vielleicht wächst irgendwann einfach Gras über die Sache.«

»Soll mir recht sein«, brummte Magnus.

»Hat dein Vater eigentlich noch was zu dir gesagt, nachdem er von eurer Hütte zurückgekommen ist?«, wollte Alexander wissen.

»Nee, nicht ein einziges Wort.«

»Ist das nicht seltsam?«

Magnus schüttelte den Kopf. »Der redet eh kaum mit mir.«

Alexander warf ihm einen forschenden Blick zu. »Sagt dir der Name Enger eigentlich was? Karl Enger?«

Magnus stutzte. »Das war doch der Typ, der damals meinen Vater betrogen hat.«

»Stimmt genau. Aber weißt du sonst noch irgendwas über ihn?«

»Ich weiß nur, dass er irgendwann aus dem Knast entlassen wurde. Keine Ahnung, was der heute macht. Warum fragst du?«

»Ach, nur so. Am besten, wir vergessen die Sache einfach wieder. Und du weißt ja, ich hab Ermittlungsverbot.«

Kapitel 26

Als er den Namen Enger hörte, war er zusammengezuckt. Es war dieser Name, der bei ihnen zu Hause absolut tabu war. Dieser Name, den er früher einmal selbst getragen hatte. Vor langer Zeit. Niemand an seiner Schule wusste davon. Fast niemand.

Dass Magnus und Alexander in letzter Zeit immer häufiger miteinander redeten, war ihm nicht entgangen. Und als sich die beiden heute in der großen Pause in Richtung Mülltonnen zurückgezogen hatten, war er außerhalb des Schulgeländes am Zaun entlanggelaufen, um nicht gesehen zu werden. Hinter den Fahrradschuppen geduckt, hatte er Alexander und Magnus belauscht. Den Anfang ihres Gesprächs hatte er verpasst. Als er mit gepresster Atmung in die Hocke gegangen war, hatte Alexander etwas davon gesagt, dass man einem Täter seine Tat auch nachweisen müsse. Steckten die beiden etwa unter einer Decke? Als kurz darauf der Name Karl Enger fiel, da hatte er sich vor Schreck auf die Lippe gebissen und hätte fast aufgeschrien vor Schmerz.

Ob er seinen Vater vermisste? Nein, das war vorbei. Die Sehnsucht nach ihm, die ihn früher so gequält hatte, war im Laufe der Jahre abgestorben. Sein Vater lebte jetzt ein anderes Leben. Hatte eine neue Frau und ein neues Kind, irgendwo hoch oben im Norden. Das hatte seine Mutter, die allein geblieben war, nie verwunden. Zuerst die Schmach, dass ihr Mann zu vier Jahren Gefängnis verurteilt worden war, und danach die Demütigung, wegen einer anderen Frau verlassen zu werden. Jetzt hatte sie nur noch ihn. Ihren einzigen Sohn.

Und wer trug an allem die Schuld? Wer hatte es zu verantworten, dass sie heute in einer kleinen Wohnung lebten und mehr schlecht als recht über die Runden kamen?

»Die Familie Granberg hat mein Leben zerstört«, sagte seine Mutter immer. Und obwohl er wusste, dass dieser abgrundtiefe Hass sie kaputt machte, konnte er nichts gegen ihn ausrichten. Sie hatte ja recht. Sein Vater, der Buchhalter in Granbergs Firma gewesen war, hatte Stein und Bein geschworen, dass er von Ole Granberg beauftragt worden war, einen Teil des Firmengeldes heimlich ins Ausland zu schaffen und auf Schweizer Konten zu deponieren. Doch nachdem alles aufgeflogen war, hatte es Granbergs

Anwalt geschafft, seinem Vater die alleinige Schuld in die Schuhe zu schieben.

Leider hatte sein Vater die Dummheit begangen, einen Teil des Geldes für sich selbst abzuzweigen. Diese Gier war ihm schließlich zum Verhängnis geworden. Hätte er keinen persönlichen Vorteil aus der Sache ziehen wollen, dann hätten sie den alten Granberg auch drangekriegt. Der im Gegensatz zu ihnen ein Leben in Saus und Braus führte. Dessen Sohn ein asozialer Schläger war, der es nicht besser verdient hatte.

Natürlich war bei der ganzen Racheaktion etwas schrecklich schiefgelaufen. Und natürlich hatte er nicht gewollt, dass ein Mensch dabei ums Leben kam und Magnus verdächtigt wurde, diesen auf dem Gewissen zu haben. Mit diesem Wissen würde er leben müssen. Doch trug daran nicht ebenfalls die Familie Granberg die Schuld? Die hatte mit ihrer Skrupellosigkeit doch alles ins Rollen gebracht. Hatte seine Familie zerstört.

Nein, sosehr er auch darüber nachdachte, ihnen gegenüber konnte er kein schlechtes Gewissen empfinden.

Nur die Sache mit dem Brief, die hätte er sich vielleicht sparen sollen. Dieser dämliche Drohbrief, den er Magnus' Eltern nach Hause geschickt hatte. Er hatte ihnen ein bisschen Angst machen wollen. Sie sollten sich niemals sicher fühlen, dass nicht doch eines Tages die ganze Wahrheit ans Licht kommen würde.

Aber auf einmal hatte jemand den Spieß umgedreht und den Namen Enger ins Spiel gebracht, was die Frage aufwarf, wer die Wahrheit am meisten zu fürchten hatte. Er musste auf der Hut sein.

Kapitel 27

Alexander schlug den Kragen seiner Jacke hoch und steuerte die Bushaltestelle an der Bygdøy Allé an. Freitagmittag. Das Wochenende konnte beginnen. Eigentlich ein Anlass, der ihn jede Woche in Hochstimmung versetzte. Doch seine Laune war im Keller. War genauso grau und verhangen wie der Osloer Dezemberhimmel, der zu allem Überfluss kleine, nadelspitze Schneeflocken auf die Erde schickte, die ihn ins Gesicht stachen.

Wahrscheinlich hatte sein Vater recht und er hatte sich da in etwas verrannt, das ihn nicht weiterbrachte. Vor allem ein Satz ging ihm nicht mehr aus dem Kopf: *Lass dich nie von einem Verdächtigen manipulieren und vor seinen Karren spannen!*

Wenn er darüber nachdachte, musste er zugeben, dass Magnus einiges dafür getan hatte, ihn auf seine Seite zu ziehen. Erst die Einladung zu sich nach Hause, später das Treffen im Café. Vielleicht war Magnus viel geschickter, als er glaubte. Vielleicht hatte er sich längst von ihm manipulieren lassen.

Das Schlimmste an der Sache war, dass er das Gefühl hatte, seine Freunde zu vernachlässigen. Sich ein wenig von ihnen distanziert zu haben. Oder sie sich von ihm? Anfangs hatten sie sich offen darüber beklagt, dass er Magnus neuerdings so viel Aufmerksamkeit schenkte. Inzwischen schauten sie nur noch argwöhnisch und gingen ihrer Wege, wenn er wieder mal ein Wort mit Magnus wechselte. Wahrscheinlich saßen sie genau in diesem Moment fröhlich beisammen und feierten den Beginn des Wochenendes, während er allein nach Hause stapfte. Das gab ihm einen Stich.

Er musste mit jemandem über all diese Dinge reden, sich jemandem anvertrauen. Aber wem? Mit seinem Vater noch einmal über den Fall zu diskutieren, war ausgeschlossen. Der hatte sich jede weitere Einmischung in seine Angelegenheiten verbeten. Und seine Mutter hatte so vieles von dem, was in den letzten Monaten passiert war, nicht mitgekriegt – wo sollte er da anfangen? Eigentlich kam nur eine einzige Person infrage, die absolut zuverlässig und vertrauenswürdig war. Die gut zuhören und ein Geheimnis für sich behalten konnte. Er angelte sein Handy aus der Tasche, klickte auf Kontakte und scrollte zum Buchstaben F.

Sie sah ein bisschen verfroren aus, als er ihr die Tür öffnete. Doch ihre flaschengrünen Augen lächelten ihn so intensiv an, dass er für einen Augenblick vergaß, was in solch einer Situation zu tun war.

»Alex?«

»Äh … hey.«

»Darf ich?«, fragte Franziska und trat an ihm vorbei in die Wärme.

Richtig, jetzt fiel es ihm ein. Man begrüßte seinen Gast und bat ihn herein.

»Willst du einen Kakao?«

Sie nickte und rieb ihre Hände aneinander. »Sind deine Eltern noch bei der Arbeit?«

»Ja, die kommen erst heute Abend.«

Sie folgte ihm in die Küche. Alexander setzte einen Topf mit Milch auf den Herd und schüttete Kakaopulver in zwei große Becher. Dann drehte er sich zu ihr um und sagte: »Ich hab tierischen Ärger mit meinem Vater.« Wenn du nicht weißt, wie du anfangen sollst, fang einfach irgendwie an, hatte Nils Ohlsen seinem Sohn immer geraten.

Franziska sah ihn mitfühlend an. »Was ist denn passiert?«

»Ach, das ist eine lange Geschichte. Eigentlich hat alles mit dem Brand des Schuppens auf unserem Sportplatz angefangen.«

»Vorsicht, die Milch!«

Alexander fuhr herum und bewahrte die Milch im letzten Moment davor überzukochen. Er verbrannte sich fast die Finger, als er die dampfende Flüssigkeit auf die Becher verteilte. Aber das war ihm jetzt schnuppe. Sie hatten sich kaum an den Tisch gesetzt, da brach auch schon alles aus ihm heraus: dass sein Vater ihm unter dem Siegel der Verschwiegenheit anvertraut hatte, dass eines von Magnus' Armbändern am Tatort gefunden worden war. Dass Magnus seit der Schlägerei in der Mensa seine Nähe gesucht habe. Der Schlägerei, der eine Provokation von Mathias vorausgegangen war, die Magnus' Vater betraf. Wie er sich neulich, während er mit Magnus in der *Kaffebrenneriet* gesessen hatte, plötzlich an eine seltsame Bemerkung von Erik erinnert hatte. An eine Bemerkung, die beim Bowling gefallen war und der er zunächst keine Beachtung geschenkt hatte – bis zu dem Treffen mit Magnus, bei dem ihm auf einmal ein ganz bestimmter Verdacht gekommen war.

Mehrmals musste Franziska seinen Redeschwall bremsen und nachfragen, um einigermaßen mitzukommen. »Wie war das jetzt mit Erik?«

»Als wir zusammen beim Bowling waren und Svein und Erik getroffen haben, da haben wir doch am Ende über den Brand diskutiert, und weißt du noch, was Erik gesagt hat?«

Franziska schüttelte den Kopf.

»Das war der Typ, der ständig diese Lederarmbänder trägt, jede Wette!«

»Ja, jetzt erinnere ich mich. Was ist daran so merkwürdig?«

»Merkwürdig daran ist, dass er Magnus' Lederarmbänder ins Spiel bringt, obwohl die bis dahin niemand erwähnt hatte. Und obwohl er ja eigentlich nicht wissen kann, dass man eines dieser Armbänder am Tatort gefunden hat. Das klingt doch fast so, als wollte er Magnus die Tat unbedingt in die Schuhe schieben.«

Franziska nickte nachdenklich. »Und was hat das jetzt mit Mathias' Provokation zu tun?«

»Mathias hat zu Magnus in der Mensa gesagt, dass sein Vater unschuldige Leute ins Gefängnis bringen würde. Das hat mir Magnus selbst erzählt. Und als wir neulich im Café waren, da hat es bei mir klick gemacht.«

»Wie klick?«

»Du hast doch bestimmt auch schon mitgekriegt, dass Eriks Vater im Gefängnis war.«

»Ja, hab ich schon mal gehört.«

»Da dachte ich plötzlich, hier stimmt doch was nicht: Mathias behauptet, Magnus' Vater würde unschuldige Leute ins Gefängnis bringen. Eriks Vater ist tatsächlich mal im Knast gewesen, und dann diese auffällige Bemerkung mit dem Lederarmband. Außerdem weiß ich, dass Erik und Mathias miteinander befreundet sind. Irgendwo muss es da einen Zusammenhang geben, dachte ich mir. Und die einzige Möglichkeit, das herauszukriegen ...«

»... war eure Aktion im Büro von Magnus' Vater«, ergänzte Franziska.

»Genau. Wäre um ein Haar schiefgegangen, wenn Elin uns nicht gerettet hätte. Allerdings hat mir die ganze Sache dann den Streit mit meinem Vater eingebrockt, der die Kopien einkassiert und mir verboten hat, auf eigene Faust zu recherchieren.«

»Und was hattest du bis dahin rausgefunden?«

»Dass ein Angestellter von Magnus' Vater wegen Steuerhinterziehung und Veruntreuung zu vier Jahren Gefängnis verurteilt worden war. Aber sein Name ist Karl Enger und Eriks Familie heißt Lunde. Da war ich wohl doch auf der falschen Fährte.«

Alexander gab einen Stoßseufzer von sich und sah mit einem Mal sehr erschöpft aus.

»Ich hab von der ganzen Sache die Schnauze voll«, fuhr er fort. »Mit meinem Vater liege ich im Clinch, weil ich hinter seinem Rücken recherchiert habe, und dein Bruder, Elias und Håkon sind auch nicht mehr gut auf mich zu sprechen.«

Sie legte tröstend ihre Hand auf seine. Er ließ es geschehen. »Magst du mir die Fotos von diesem Karl Enger noch mal zeigen?«, fragte sie.

»Was soll das bringen?«, fragte er überrascht.

»Ich weiß nicht. Ist vielleicht so was wie ein letzter Versuch. Jetzt, nachdem du mir so viel über die Sache erzählt hast, finde ich sie ziemlich spannend.«

»Also ich wollte dich eigentlich nicht anstecken mit meiner Neugier.«

»Leider schon passiert«, entgegnete sie und lächelte ihn verschmitzt an.

Alexander stand seufzend auf, stapfte in sein Zimmer und schaltete den Laptop ein. »Aber wirklich ein allerletzter Versuch. Ich hab meinem Vater fest versprochen, mich nicht mehr mit der Sache zu beschäftigen.«

»Kannst ja später den Verlauf löschen«, sagte Franziska leichthin.

Kurz darauf gab er bei Google die Bildersuche nach Karl Enger in Auftrag, und erneut bauten sich die Porträts auf, die er bereits das letzte Mal gesehen hatte, darunter auch die beiden Fotos von dem Meerschweinchen und der Schildkröte.

»Siehst du, es gibt mindestens hundert verschiedene Leute, die so heißen. Und wir wissen nicht mal, ob der Typ dabei ist, der damals verurteilt wurde.« Er scrollte ans Ende der Seite und klickte auf *Weitere Ergebnisse*. Neue Schwarz-Weiß-Aufnahmen und Farbfotos von Menschen in den verschiedensten Situationen füllten den Bildschirm aus.

»Hier, das ist Magnus' Vater«, sagte Alexander und zeigte auf einen Mann in einem weißen Anzug.

»Was für ein schmieriger Typ«, kommentierte Franziska.

»Stimmt. Das Foto muss was mit dem Prozess zu tun haben. Warte mal.« Er klickte auf das Bild, das sich sofort vergrößerte. Ole Granberg stand in einem Raum, der wie ein Gerichtssaal aussah, und war in ein Gespräch mit einem glatzköpfigen Mann vertieft. Unter dem Foto war zu lesen: *Firmengründer Ole Granberg im Gespräch mit seinem Anwalt. Im Hintergrund der Angeklagte.*

Leider ließ sich das Bild nicht weiter vergrößern. Doch auch so wanderte ihr Blick zu der schlanken Gestalt, die hinter Granberg und seinem Anwalt an der Wand lehnte und ins Leere starrte. Es war ein Mann mit kurzen blonden Haaren und auffallend kleinen Augen, die in seinem Gesicht einen verlorenen Eindruck machten.

»Okay«, sagte Alexander. »Jetzt wissen wir jedenfalls, wie dieser Enger aussieht. Zufrieden?«

Franziska zuckte die Schultern. Er scrollte noch ein Stück nach unten und wollte die Seite gerade schließen, als sich ihre Finger um sein Handgelenk schlossen: »Warte!«

»Was ist?«

»Geh noch mal nach oben.«

Alexander tat ihr den Gefallen.

»Hier!« Franziska zeigte auf ein kleines Foto, das sich am äußersten linken Rand des Monitors befand. Darauf war eine dreiköpfige Familie zu sehen, die sich vor einem weißen Holzhaus gruppiert hatte. Die Eltern hatten sich die Arme um die Hüften gelegt, während sich der Sohn an die Beine des Vaters drückte. Franziska übernahm die Maus und vergrößerte die Aufnahme.

Sekundenlang waren sie so perplex, dass keiner ein Wort herausbrachte.

»Das gibt's doch nicht ...« Alexanders Augen wurden so groß wie Untertassen. Das Foto stammte aus dem Jahr 2003 und war in der Zeitung *VG* erschienen. Drei glückliche Gesichter strahlten in die Kamera. Ein Mann mit kurzen blonden Haaren und auffallend kleinen Augen streckte dem Fotografen seinen gehobenen Daumen entgegen. Der Junge mochte erst vier oder fünf Jahre alt sein, doch Alexander und Franziska erkannten ihren Klassenkameraden auf den ersten Blick. Alexander murmelte die Bildunterschrift: »*Die glückliche Familie Enger aus Oslo hat den ersten Preis in unserem Ratewettbewerb gewonnen: eine zweiwöchige Reise nach Mallorca inkl. Vollpension in einem Fünf-Sterne-Hotel.*«

»Oh mein Gott«, hauchte Franziska. »Du hast recht gehabt.«

Kapitel 28

Sie hatten noch eine Weile zusammengesessen und alle Hinweise, Indizien und Tatsachen, die sie inzwischen herausgefunden hatten, geordnet – so, wie man die Teile eines Puzzles sortiert. Dabei stellten sie rasch fest, dass es nur eine einzige Möglichkeit gab, die Puzzleteile zu einem vollständigen und logischen Bild zusammenzusetzen. Ein Bild, das noch ein, zwei leere Flecken hatte, sich aber nichtsdestoweniger klar und eindeutig abzeichnete:

Es war Eriks Vater, der früher in Granbergs Firma angestellt gewesen und wegen krimineller Machenschaften für vier Jahre ins Gefängnis gekommen war. Das war im Jahr 2004 gewesen, Erik war damals fünf Jahre alt. Da sie wussten, dass Erik mit seiner Mutter allein lebte und mit Nachnamen Lunde hieß, vermuteten sie, dass die Eltern sich hatten scheiden lassen und Erik seitdem den Mädchennamen seiner Mutter trug.

Mathias kannte Eriks Familie. Seine rätselhafte Andeutung, Magnus' Vater würde unschuldige Leute ins Gefängnis bringen, konnte nur bedeuten, dass zumindest Erik der Meinung war, sein Vater sei damals zu Unrecht verurteilt worden. Mehr noch: dass Ole Granberg die Schuld an seiner Verurteilung trug.

Was bei Erik einen abgrundtiefen Hass auf die Familie Granberg ausgelöst haben musste. Einen Hass, der so groß war, dass er ein Komplott gegen den Sohn der Familie schmiedete, um sich dafür zu rächen, dass er ohne Vater aufwachsen musste. Dass Magnus gern zündelte und zu gewalttätigen Aktionen neigte, war allgemein bekannt. Also entschied sich Erik, eine Tat zu begehen, die scheinbar Magnus' Handschrift trug. Er steckte eines Nachts den Geräteschuppen auf dem Sportgelände der Schule in Brand und deponierte am Tatort eines von Magnus' Lederarmbändern, das er diesem zuvor gestohlen hatte, um den Verdacht auf ihn zu lenken. Daher auch sein unbeholfener Versuch im Bowlingcenter, diese Armbänder ins Spiel zu bringen, obwohl er eigentlich nicht wissen konnte, dass man eines davon am Tatort gefunden hatte. Dass bei dem Versuch, Magnus eine Straftat in die Schuhe zu schieben, eine unbeteiligte Person ums Leben gekommen war, konnte nur ein tragischer Zufall gewesen sein.

Alexander und Franziska waren sich einig. So und

nicht anders musste alles zusammenhängen. Und nachdem sie sich mit dem Versprechen, absolut dichtzuhalten, von ihm verabschiedet hatte, war Alexander nur noch eine Frage durch den Kopf gegangen: Wie sage ich es meinem Vater?

Denn dass er ihm alles sagen musste, stand außer Frage. Er wusste einfach zu viel, um dieses Wissen weiterhin für sich zu behalten. Natürlich würde er zugeben müssen, trotz des Rechercheverbots ein wenig weitergeforscht zu haben, doch war er auch ein wenig stolz, dem ermittelnden Hauptkommissar die Lösung des Falls auf dem Silbertablett präsentieren zu können.

Als er das Knirschen von Autoreifen auf der Einfahrt hörte, schlug sein Herz schneller. Und als kurz darauf eine kompakte, durchtrainierte Gestalt im Türrahmen erschien, musste er sich gewaltig zusammenreißen, um dieser nicht gleich alles, was er auf dem Herzen hatte, vor den Latz zu knallen. Er musste behutsam vorgehen. Durfte keinesfalls mit der Tür ins Haus fallen.

»Hallo, Alex. Wie war dein Tag?«

Alexander biss sich auf die Lippen.

Sein Vater sah ihn fragend an.

»Ich hab was Wichtiges herausgefunden!«, platzte es aus ihm heraus. *Vollidiot!*

Zwischen den Augen seines Vaters, die sich in

seine bohrten, zeichnete sich eine unheilvolle Falte ab. »Was soll das heißen?«

»Ich weiß jetzt … wer dieser Karl Enger ist.« Er wunderte sich selbst, wie mickrig seine Stimme klang. Sein frisch erblühtes Selbstbewusstsein hatte sich in Luft aufgelöst.

»Ich weiß selber, wer dieser Karl Enger ist!«

Alexander glaubte, aus dem Ton seines Vaters vor allem Zorn und Verwunderung herauszuhören. Zorn darüber, dass er sich über das väterliche Ermittlungsverbot hinweggesetzt hatte. Verwunderung darüber, was sein Sohn doch für ein einfältiger kleiner Trottel war.

»Hatte ich mich eigentlich nicht deutlich genug ausgedrückt?«

»Schon, aber …«

»Ich will nichts mehr hören!« Ohlsen war auf hundertachtzig. »Ich verbiete dir ein für alle Mal, dich in Ermittlungen einzumischen, die dich nichts angehen!«

Damit machte er auf dem Absatz kehrt und knallte die Tür hinter sich zu.

Kapitel 29

Am nächsten Vormittag schrieb Alexander eine SMS an Franziska: *Mein Dad immer noch sauer. Konnte ihm nichts sagen. Fahre nachher zu Erik und versuche, was aus ihm rauszukriegen.*

Ihre Antwort kam prompt und bestand aus zwei Wörtern: *Sei vorsichtig!*

Natürlich würde er vorsichtig sein, doch was blieb ihm anderes übrig. Sein Vater hatte auf stur geschaltet und seinen Versuch, ihm entscheidende Informationen mitzuteilen, im Keim erstickt. Das wollte Alexander nicht auf sich sitzen lassen. Er hatte die Sache doch nicht quasi im Alleingang aufgeklärt, um sich im entscheidenden Moment den Mund verbieten zu lassen. Diesmal würde er seinen Vater beschämen und ihm nicht nur die Lösung des Falls, sondern obendrein das Geständnis des Täters frei Haus liefern. Er verstand schließlich auch etwas von Gesprächspsychologie. Hatte sich oft genug mit seinem Vater darüber unterhalten, welche Strategien ein Vernehmungsleiter anwenden konnte, um Verdächtigen ein Geständnis zu entlocken.

Er hatte auf der Klassenliste nachgesehen, wo Erik wohnte. In der Dunkers gate. Nicht gerade um die Ecke, aber was machte das schon. Er würde den Bus nehmen, an der Bygdøy Allé aussteigen und die restliche Strecke zu Fuß gehen. Währenddessen würde ihm genug Zeit bleiben, um über eine geeignete Strategie nachdenken. Er wollte behutsam vorgehen. Nicht gleich mit der Tür ins Haus fallen. Diesmal würde es schon klappen.

* * *

Alexander blickte an dem sechsgeschossigen Wohnblock empor, dessen verwaschene mintgrüne Farbe schon lange nicht mehr aufgefrischt worden war. Hinter einem dieser gleichförmigen Fenster musste Erik mit seiner Mutter wohnen. Falls ihre Wohnung nicht nach hinten hinausging, wo sich womöglich ein Innenhof oder ein Gemeinschaftsgarten befand. Alexanders Blicke wanderten über das Klingelbrett und fanden in der zweiten Reihe von unten den Namen Lunde. Er drückte seinen Zeigefinger darauf.

»Ja, bitte?«, meldete sich eine Frauenstimme.

»Hier ist Alexander. Ist Erik zu Hause?«

Es summte im Türschloss. Alexander drückte die Eingangstür auf und stiefelte durch ein tristes Treppenhaus in den zweiten Stock. Frau Lunde empfing ihn an der Tür. Sie war eine kleine Frau mit farblosen schulterlangen Haaren, die einstmals blond gewesen sein mussten. Alexander erkannte sie von dem Familienfoto im Internet wieder, obwohl sie inzwischen deutlich gealtert war.

»Das ist aber nett, dass du Erik besuchen willst. Er ist nur leider nicht da. Soll ich ihm etwas ausrichten?«

»Wissen Sie, wann er wiederkommt?«, fragte Alexander.

Sie dachte einen Augenblick nach. »Nein, er ist in der Stadt beim Klavierunterricht.«

Alexander staunte. »Ich wusste gar nicht, dass Erik Klavier spielt.«

»Tut er auch noch nicht lange.« Sie beugte sich ihm vertraulich entgegen. »In der Nähe des Hauptbahnhofs wohnt eine ältere Dame, die bringt es ihm kostenlos bei. Dafür erledigt er für sie die Einkäufe.« Sie legte die Hand an den Mund. »Oh, vielleicht hätte ich das gar nicht sagen sollen.«

»Ich wollte sowieso in die Innenstadt«, entgegnete Alexander geistesgegenwärtig. »Wenn Sie mir die Adresse verraten, dann schaue ich mal, ob ich ihn dort treffe.«

Eriks Mutter sah ein wenig verwundert aus. »Ist

es denn so dringend? Ach, entschuldige, du bist mir natürlich keine Rechenschaft schuldig. Moment, ich hol mal eben mein Notizbuch.«

Sekunden später wusste Alexander alles, was er wissen musste.

Kapitel 30

Irgendwann begann Franziska, sich Sorgen zu machen. In den letzten zwei Stunden hatte sie mehrmals versucht, Alexander auf dem Handy zu erreichen. Mit dem einzigen Erfolg, dass sie den Spruch auf seiner Mailbox jetzt auswendig kannte. Sie wollte so gern erfahren, was genau er eigentlich vorhatte. Wollte ihn warnen, ja nichts Unbesonnenes zu tun. Dass sein Vater ihm immer noch böse war, konnte nichts Gutes bedeuten. Sie wusste um das enge Verhältnis der beiden und kannte Alexanders Ehrgeiz, seinem Vater zu zeigen, wozu er imstande war.

Natürlich wollte sie auch nicht wie ein Kontrollfreak wirken und grundlos hinter ihm hertelefonieren. Also zauderte sie eine ganze Weile, bis sie zum Hörer griff und die Festnetznummer der Ohlsens wählte.

»Hallo, Franziska.« Katjas fröhliche Stimme.

»Alexander? Nein, ich weiß nicht, wo er ist. Aber komm doch bald mal wieder vorbei.«

Nächster Versuch. »Hey, Franzi.« Elias, ein wenig schläfrig. »Alex? Nö, nix gehört.«

Dritte Nummer. Håkon, verärgert: »Woher soll ich das wissen? Der könnte sich ruhig mal wieder melden.«

Frustriert legte sie auf und holte die Klassenliste von ihrem Schreibtisch.

Sollte sie wirklich …?

Franziska verwarf ihre Idee. Sie überlegte hin und her. Hatte den Finger schon auf der ersten Taste. Verfluchte ihre Unentschlossenheit. Entschied sich, noch eine Minute zu warten. Noch zwei Minuten. Lächerlich! Sie tippte die Nummer der Familie Lunde ein.

Eine Frauenstimme, ein wenig reserviert. »Ob Erik da ist? Was ist denn los heute? Du bist schon die Zweite, die nach ihm fragt … ja, hinter dem Bahnhof … die Adresse hab ich Alexander auch schon gegeben.«

Kapitel 31

Er ärgerte sich darüber, keine Mütze mitgenommen zu haben. Zwar trug er Mützen nur in absoluten Notfällen, aber nun stand er schon seit über einer Stunde auf seinem Posten und fror sich sprichwörtlich die Ohren ab. Er hatte das Gefühl, dass die kümmerliche Restwärme seines Körpers der klirrenden Kälte nicht mehr lange gewachsen sein würde. Abermals stampfte er mit den Füßen und schlug die Arme um sich, während er einen ganz bestimmten Hauseingang im Auge behielt. Die Adresse war richtig, das hatte ihm ein Blick auf das Namensschild gezeigt. Blieb nur zu hoffen, dass Erik auch wirklich tat, was seine Mutter glaubte, und sich nicht ganz woanders aufhielt.

Der böige Wind blies den trockenen Schnee waagerecht über die Straße. Alexander blinzelte skeptisch in den grauen Himmel und befürchtete baldigen Nachschub von oben. Er spielte mit dem Gedanken, rasch zur Bäckerei zu laufen, die gleich um die nächste Ecke lag. Wie lange würde es dauern, sich etwas Warmes zu essen oder zu trinken zu kaufen? Zwischen dreißig Sekunden und zehn Minuten. Nein, er konnte es nicht riskieren.

Zwei Mal war die Haustür bisher aufgeschwungen. Zwei Mal hatte er sich wie elektrisiert gefühlt, um im nächsten Moment enttäuscht zu werden. Beim ersten Mal hatte eine junge Frau, die sich einen Schal ums Gesicht gebunden hatte, einen Kinderwagen auf den Bürgersteig geschoben. Wenig später war eine kläffende Promenadenmischung aus dem Eingang gesprungen und hatte sein betagtes Herrchen hinter sich hergezogen.

Als es dann plötzlich so weit war, hätte Alexander fast zu spät reagiert. Erik war so schnell aus dem Gebäude gekommen, dass Alexander erst durch das Schlagen der Haustür auf ihn aufmerksam wurde. Obwohl er ihn nur von hinten sah, erkannte er ihn sofort an der blau-weißen Skijacke, mit der Erik jeden Tag zur Schule erschien. Auf dem Kopf trug er eine flache graue Wollmütze. Beneidenswert.

Alexander nahm die Verfolgung auf, immer darauf bedacht, seinen Klassenkameraden nicht aus den Augen zu verlieren, aber auch so viel Distanz zwischen ihnen bestehen zu lassen, dass er sich überrascht zeigen konnte, sollte sich Erik zufällig umdrehen und ihn entdecken. Die Bewegung tat ihm gut, wenngleich er sich wunderte, was der andere für ein Tempo vorlegte. Am Grev-Wedels-Platz nutzte er die Gelegenheit, quer durch den kleinen Park zu laufen, um Erik auf der Myntgata entgegenkommen zu können.

»Hey, Erik. Was für ein Zufall.«

»Alexander ...« Erik blieb abrupt stehen und brauchte einen kurzen Moment, um sich zu sammeln. Seine eisblauen Augen blickten ihn forschend an. Erst in diesem Moment wurde Alexander klar, woran ihn diese Augen schon früher erinnert hatten. An einen Husky.

»Ich hatte in der Nähe Klavierunterricht. Warum bist du denn so außer Atem?«

»Ach, ich bin ein bisschen gelaufen ... wegen der Kälte.« Alexander blies demonstrativ auf seine verfrorenen roten Finger. »Bin auf der Suche nach Weihnachtsgeschenken«, erklärte er.

»In dieser Gegend?«, wunderte sich Erik.

»Die Innenstadt ist mir viel zu voll«, entgegnete Alexander schnell. Einen Tick *zu* schnell, wie er dachte. »Außerdem gibt's hier echt spannende kleine Läden.« Er war froh, dass Erik nicht fragte, ob er ihm auch nur einen einzigen dieser spannenden kleinen Läden zeigen konnte.

Sie setzten sich wieder in Bewegung.

»Wolltest du nicht in die andere Richtung?«, fragte Erik.

»Völlig egal.« Alexander machte eine wegwerfende Handbewegung. »Ich lass mich am liebsten einfach treiben.«

Für ein paar Sekunden stapften sie schweigend nebeneinanderher, und Alexander wurde von der unheilvollen Ahnung gepackt, dass Erik ihn bereits durchschaut hatte. Er musste vorsichtig sein.

»Hast du schon alle Weihnachtsgeschenke beisammen?«, fragte er.

»Ich brauch nur ein Geschenk für meine Mutter«, antwortete Erik kurz angebunden.

»Und, was schenkst du ihr?«

»Keine Ahnung«, brummte Erik, der wenig Lust zu haben schien, sich mit einem Mitschüler, der nie zuvor seine Nähe gesucht hatte, über Weihnachten zu unterhalten. Er beschleunigte seine Schritte, als wäre Alexander ein Quälgeist, den er abschütteln wollte.

Alexander, der nur mit Mühe Schritt hielt, hätte ihn am liebsten an den Schultern gepackt und festgehalten. Zumal Erik unbeirrt der offenen Bucht namens Bjørvika entgegenstrebte, die wie in jedem Winter zu einem gigantischen Eispanzer erstarrt war, über den ein gnadenloser arktischer Wind fegte. Schneeflocken, die aus dem Nichts zu kommen schienen, wirbelten mit einem Mal um ihre Köpfe. Alexander presste sich kurz die Hände auf seine gefühllosen Ohren.

»Mein Vater sagt, dass die Sache mit dem brennenden Schuppen wahrscheinlich bald aufgeklärt ist.« Er musste fast rufen, um gegen den pfeifenden Wind anzukommen.

Erik blieb auf der Kaimauer stehen und starrte ihn an. »Warum erzählst du mir das?«

Alexander breitete die Arme aus. »Ich dachte, es würde dich interessieren.«

Erik marschierte weiter, immer an der Eiskante entlang. Der zunehmende Schneefall verwischte alle Konturen und ließ Menschen und Gebäude, die sich eben noch scharf abgezeichnet hatten, wie von Geisterhand verschwinden. Nur der weiße Marmorblock des Opernhauses ragte unabweisbar vor ihnen auf, als hätte sich plötzlich ein leuchtender Eisberg aus dem Packeis erhoben.

»Am Anfang haben sie echt gedacht, dass es Magnus war.« Alexander lief neben Erik her, sein Mund nahe an dessen Ohr. »Vor allem, weil sie sein Lederarmband am Tatort gefunden haben.«

Erik reagierte nicht.

»Aber jetzt kann ich's dir ja verraten«, rief ihm Alexander zu. »Es kann gar nicht Magnus gewesen sein.«

Erik fuhr herum. »Erzähl mir doch keinen Scheiß!«, fauchte er ihn an.

»Das ist kein Scheiß!« Alexander packte ihn am Arm. Ihre Gesichter waren nur Zentimeter von einander entfernt. Warmer Atem dampfte aus ihren Mündern. »Jemand wollte Magnus die Tat in die Schuhe schieben.« Alexander warf Erik einen bohrenden Blick zu.

»Und wer sollte das sein?« Eriks Stimme zitterte vor Erregung.

»Jemand, der ihn hasst!«, schleuderte ihm Alexander entgegen. »Der aus diesem Grund sein Armband gestohlen und am Tatort zurückgelassen hat! Der sich dafür rächen wollte, dass sein Vater ...«

Weiter kam er nicht, weil Erik sich in diesem Moment losriss und über die kleine Brücke stürmte, die das Hafenbecken mit dem Operngelände verband.

»Erik! Bleib stehen!«

Doch Erik war bereits im Schneegestöber verschwunden. Alexander hetzte hinter ihm her, rempelte auf der Brücke einen jungen Mann an, rief eine Entschuldigung über die Schulter und rannte weiter. Der Flockenwirbel nahm ihm die Sicht. Keuchend blieb er stehen und kniff die Augen zusammen. Ließ seinen Blick über das Gelände schweifen. Dachte zuerst, dass Erik sich vielleicht nach drinnen geflüchtet hatte. Doch dann sah er ihn die schräge Rampe hinauflaufen, die zum Dach des Opernhauses führte, während alle anderen Leute die entgegengesetzte Richtung einschlugen, um sich vor dem stürmischen Wind in Sicherheit zu bringen. Ihm fuhr der Schreck in die Glieder. Ein furchtbarer Verdacht ließ seinen Herzschlag davonjagen.

»Erik!«, schrie er seinem Schulkameraden hinterher. Doch er spürte selbst, dass seine Stimme nie und nimmer zu ihm durchdringen konnte. Alexander setzte ihm nach, spurtete im Slalom durch die nach unten drängenden Menschen, während ihm treibender Schnee die Augen verklebte.

Wie im Blindflug erreichte er die lange Rampe, die von einer zentimeterdicken Schneeschicht bedeckt war. Schritt für Schritt kämpfte er sich auf dem knirschenden Untergrund nach oben. Die schweren Stiefel hingen wie Bleigewichte an seinen Füßen. Obwohl er all seine Kraft mobilisierte, hatte er das Gefühl, sich in Zeitlupe zu bewegen. Peitschende Böen warfen ihn hin und her. Ließen ihn schwanken wie einen Matrosen auf hoher See.

Er blieb stehen und rang nach Luft. Schneeflocken flogen in seinen offenen Mund. Seine Lungen brannten. Keuchend strich er sich die klatschnassen Haare aus der Stirn und spähte nach oben. Der Schneefall war so dicht geworden, dass er glaubte, gegen eine weiße Wand zu blicken. Irgendwo hinter dieser weißen Wand musste Erik sein, der vermutlich inzwischen die weite Fläche des Dachs erreicht hatte. Alexander drehte sich einmal um die eigene Achse. Kein Mensch, so weit das Auge reichte. Alle waren vor dem tosenden Schneesturm geflohen. Es war, als wäre man allein auf der Welt.

Kurz darauf spürte er, dass er das Ende der Rampe erreicht hatte. Sofort schlug ihm eine heftige Böe entgegen. Er verlor das Gleichgewicht und landete schmerzhaft auf der Hüfte. Schnell rappelte er sich auf, ohne sich den Schnee abzuklopfen. Hier oben konnte sich der Sturm, den er auf der Rampe nur ansatzweise gespürt hatte, ungehindert austoben. Alexander hatte fast jegliche Orientierung verloren, taumelte aber in die Richtung, in der man bei klarer Sicht weit auf den Fjord hinausblicken konnte. Dorthin, wo sich irgendwo die Kante befand, hinter der es steil in die Tiefe ging.

Vor ihm zeichnete sich die Silhouette einer schwankenden Gestalt ab. Alexander konnte nicht gleich erkennen, ob sie ihm das Gesicht oder den Rücken zukehrte. Vorsichtig, die Arme eng an den Körper gedrückt, um den Böen nicht zu viel Angriffsfläche zu bieten, tastete er sich näher an sie heran. Der stürmische Wind schien ein wenig abzuflauen. Dafür ging der Schnee nun wie aus Eimern nieder.

Er wusste nicht, ob Erik ihn schon gesehen hatte. Doch im nächsten Moment hörte er seine aggressive

Stimme wie aus großer Ferne, so als brauche sie ein paar Sekunden, um in der schneegesättigten Luft zu ihm durchzudringen. »Hau ab! Verschwinde!«

»Ich weiß alles!«, rief Alexander ihm zu.

»Du weißt gar nichts!«, brüllte Erik.

Sie machten ein paar Schritte aufeinander zu. Umkreisten sich wie zwei lauernde Boxer, die auf eine günstige Gelegenheit zum Angriff warten. Ihr rhythmisches Keuchen schlug den Takt dazu.

»Du wolltest Magnus … den Brand in die Schuhe schieben!«

»Blödsinn! Warum sollte ich das tun?«

»Um dich dafür zu rächen, dass dein Vater …«

»Lass meinen Vater aus dem Spiel!«, schnitt ihm Erik das Wort ab und schlug nach ihm, obwohl Alexander außerhalb seiner Reichweite war.«

»Warum? Weil dein Vater … im Knast war?«, rief Alexander höhnisch.

»Ich warne dich!«, fauchte Erik.

»Oder weil du … genauso kriminell bist wie er … Erik Enger!«

Erik stieß einen gellenden Schrei aus und rammte seinem Kontrahenten den Kopf in den Bauch. Alexander klappte stöhnend zusammen und riss Erik mit sich zu Boden. Ineinander verkeilt rollten sie über das Dach wie eine lebendige Schneewalze. Prügelten besinnungslos aufeinander ein.

Irgendwann bekam Alexander einen Jackenkragen zu fassen und drückte ihn mit beiden Händen zusammen. Erik japste nach Luft. Sein Hinterkopf wurde in den Schnee gedrückt. »Dein Vater ist ein Betrüger«, zischte Alexander.

Erik bekam seinen rechten Arm frei und schmetterte Alexander seine Faust aufs Ohr. Der sank stöhnend zu Seite. Erik war im nächsten Moment über ihm. »Magnus' Vater hat ihn dazu gezwungen …«, keuchte er. Speichel flog ihm aus dem Mund. Seine Augen glühten. »Aber dem Scheißkerl konnte man nichts nachweisen.«

»Und dafür …«, ächzte Alexander, »sollte Magnus jetzt büßen?«

»Na und!«, brüllte ihm Erik ins Gesicht. »Was ist das schon im Vergleich zu dem, was wir durchmachen mussten? Die haben unser Leben zerstört!«

Alexander stieß einen gequälten Laut aus, weil er in diesem Moment begriff, dass Erik ihn schon ein Stück weit den niedrigen Mauervorsprung hinaufgeschoben hatte, der sich direkt an der Dachkante befand. Er drehte panisch den Kopf und starrte in die bodenlose Tiefe. Verzweifelt schlug er um sich. Versuchte, seinen Gegner zur Seite zu zerren, doch die Wut schien Erik enorme Kräfte zu verleihen. Mit seinem ganzen Gewicht drückte er Alexanders Oberkörper weiter nach hinten, als dieser über Eriks Schulter eine schemenhafte Gestalt wahrnahm, die in rasender Geschwindigkeit auf sie zurannte.

»Erik! Nein!!!« Es war ein Schrei, der sich eine Schneise durch den fallenden Schnee zu bahnen schien.

Erik zuckte zusammen und fuhr herum. Alexander reagierte blitzschnell, stieß ihn von hinten zu Boden und warf sich auf ihn. Franziska war im nächsten Moment bei ihnen. Doch von Erik, der schluchzend im Schnee lag, ging keine Gefahr mehr aus.

Epilog

Der dreiundzwanzigste Dezember war ein strahlend schöner Tag. Vorweihnachtlich gestimmte Menschen flanierten auf dem Dach des Opernhauses, hielten ihr Gesicht in die Wintersonne und ließen ihren Blick weit über den zugefrorenen Fjord schweifen, der nur noch von den großen Fährschiffen befahren wurde.

In der Tiefe erkannte Alexander den kaum drei Armlängen breiten Kiesstrand, den sein Vater als Anlegestelle benutzte, wenn er in der eisfreien Zeit mit dem Kajak zur Arbeit fuhr. Ihn schauderte bei der Vorstellung, was passiert wäre, hätte Franziska ihn damals nicht auf der Rampe entdeckt, weil sie ihm heimlich gefolgt war.

Ihren Eltern gegenüber hatten sie die Sache natürlich heruntergespielt. Alexander sei Erik bei leichtem Schneetreiben auf das Dach gefolgt und habe ihn dort zur Rede gestellt. Daraufhin sei der Täter unter dem Druck der Ereignisse fast unmittelbar zusammengebrochen. Bei dieser Version sollte es bleiben.

Und obwohl sein Vater ihm natürlich die Leviten gelesen hatte – die Situation sei schließlich »nicht ganz ungefährlich« gewesen –, hatte er ihm doch bescheinigt, sich wie ein richtiger Ermittler verhalten zu haben.

Franziska blies auf ihre verfrorenen roten Finger.

»Kalte Hände?«, fragte Alexander.

Sie nickte.

Doch statt ihr die Hände zu wärmen, griff er in die Tasche seines Anoraks und zog ein kleines rotes Päckchen hervor.

»Fröhliche Weihnachten, Franzi.«

Sie nahm das Geschenk mit verschmitztem Lächeln entgegen und ließ es in ihrer Jackentasche verschwinden. Sie wusste, was sich darin befand. Dann streckte sie ihm erneut ihre roten Finger entgegen. »Immer noch kalt.«

Erst jetzt schlossen sich seine Hände um ihre. Sie waren überraschend warm und weich.

ENDE

Knut Krügers Begeisterung für Skandinavien führte ihn schon früh nach Oslo, wo er einige Zeit lebte. Mittlerweile frönt er seiner Begeisterung für den Hohen Norden bei dem Übersetzen skandinavischer Literatur, dem hemmungslosen Verzehr norwegischer Schalentiere und seit Neuestem dem Schreiben seiner Oslo-Krimis um Kommissar Ohlsen.

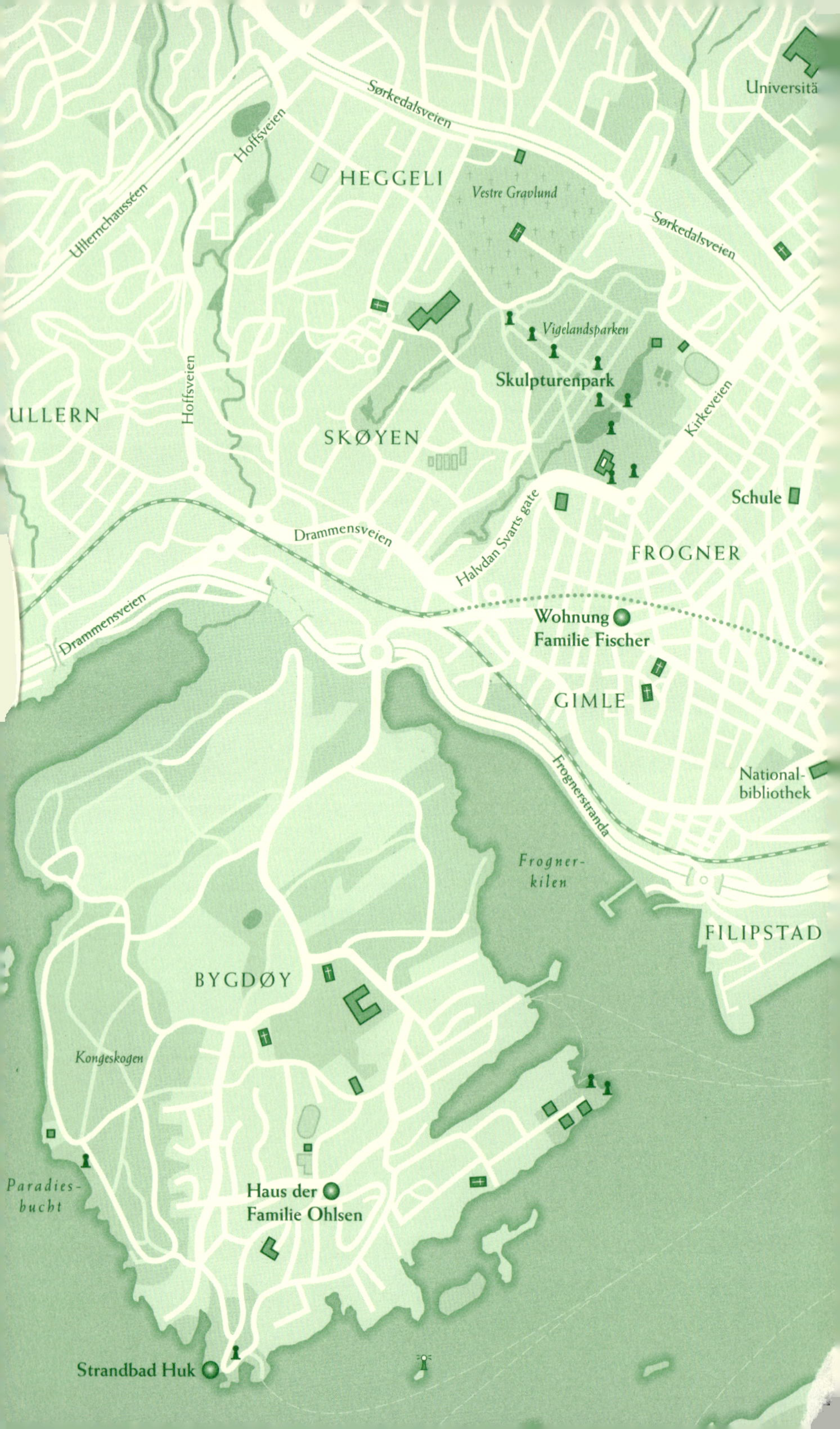
Sørkedalsveien
Università
Hoffsveien
HEGGELI
Vestre Gravlund
Ullernchausséen
Sørkedalsveien
Vigelandsparken
Skulpturenpark
Kirkeveien
ULLERN
Hoffsveien
SKØYEN
Schule
Drammensveien
Halvdan Svarts gate
FROGNER
Drammensveien
Wohnung
Familie Fischer
GIMLE
Frognerstranda
National-
bibliothek
Frogner-
kilen
FILIPSTAD
BYGDØY
Kongeskogen
Paradies-
bucht
Haus der
Familie Ohlsen
Strandbad Huk